KB075174

Long run 롱런

지치고 힘들 때 긍정으로 힐링하라

이규각 지음 | 2013. 3. 25. 1판 1쇄 발행 | 발행처 Long run 롱런 | 발행인 이규각

등록 번호 제 384-2008-000039호 | 등록 일자 2008. 12. 04.

주소: 경기도 안양시 만안구 안양 8동 466-9 (우편 번호: 430-018)

Tel: 017-291-2246   Fax: (031)477-2727

이 책은 저자와 합의 하에 출판되었으므로, 사전 허가 없이 on-line 또는 off-line상 무

단 전재, 모방, 복사, 발췌를 금합니다.

파본은 교환해 드립니다.

당신의 멘토

지치고 힘들 때

긍정으로
힐링하라

이규각 지음

긍정으로 힐링하라

사는 동안 긍정과 부정은 항상 우리 곁에 있는데, 이 두 가지의 성향은 서로 다른 것 같지만 자신의 처지에 따라 변하는 것으로 어찌 보면 흐르는 물과 같습니다.

사람들 중에는 무조건 반대를 하는 부정적인 사람이 있습니다. 이런 사람들의 속셈은 자신의 편리에 따라 어떤 문제를 해석하려 합니다. 그래서 그런지 참으로 똑똑해 보입니다. 그러나 시간이 흐르면 흐를수록 사람을 잃게 됩니다.

자기의 주장은 언제나 긍정적인 시각에서 정당해야 합니다. 그래야 가까이 있는 사람들이 자신을 신뢰하게 되는 거죠. 어느 순간에도 부정적인 생각으로 대인 관계를 하려 한다면 교양있는 사람이라 할 수 없습니다. 곧 사회적 동물이라는 생각을 망각한 몰지각한 인간이 되는 것입니다.

어느 날 이웃이 어려운 처지에 놓여 있을 때 그를 돕는다면 고마움이 생겨 나를 돕습니다. 즉 믿음이 생겼다는 긍정의 표시죠. 만일 이웃을 부정적으로 대한다면 그런 이웃이 무슨 필요가 있겠습니까? 이처럼 부정은 서로에게 있어 이웃을 잃게 합니다.

친구라면 서로의 고민을 나눕니다. 이럴 때 서로를 위해 대화를 나눈다면 그 고민은 사라집니다. 그러나 그 친구의 고민을 재미삼아 떠벌리고 다닌다면 당장은 친구들 사이에서 소식통으로 인정을 받아 칭찬 아닌 칭찬을 받을 수도 있겠습니다만 그런 친구는 자신도 모르는 사이에 어리석은 사람이 됩니다.

긍정과 부정의 차이는 서로의 이해 관계에 있을 뿐입니다. 이러한 것들을 이해하기에 앞서, 더욱 귀한 것은 친구를 긍정적으로 생각해 주는 그런 마음이 친구를 더 가깝게 만듭니다. 또한 그것이 자신을 발전시킵니다. 그리고 그 긍정이 새로운 가치의 여유를 낳게 합니다.

사람들은 서로 다른 생각을 가지고 존재하지만 자기의 존재나 행위에 책임을 느끼지 못할 때 스스로에게 부정적입니다. 이때 서로의 생각을 일방적으로 들어내면 결국 싸움이 되고 결국 스스로의 가치관에 혼란만 있을 뿐입니다. 그러므로 서로의 생각을 존중하는 것만이 새로운 가치를 부여하는 것이며 곧 긍정의 가치를 높이는 것입니다.

우리는 미래가 있어야 합니다. 그리고 그 미래는 평등을 공유해야 합니다. 이것이 긍정의 의미가 됩니다. 부정적으로 보는 우리의 미래는 어둡습니다. 자신의 꿈을 어느 순간 상실하게 됩니다. 긍정은 자신에게 최선을 다하게 만듭니다. 그러면 어떤 식으로든 충분히 능력을 발휘할 기회가 옵니다.

요즘 우리 사회는 평등한 기회를 얻기 보다는 집단 이기주의에 편승하여 남의 기회를 박탈하고, 한술 더 떠 이득을 챙기려는 사람들이 있습니다. 그러나 이것을 조장하여 이득을 보려해도 결국에는 자신을 망치고 사회를 혼란스럽게 할 뿐입니다. 사회가 바로 서기 위해서는 무엇보다 상호 신뢰가 바탕이 되어야 합니다. 그러나 그렇지 못한 것이 현실입니다. 이런 집단 이기주의가 선동과 폭력을 부릅니다.

집단 이기주의를 버리려면 어려서부터 서로에게 열린 마음을 심어 주는 상호 교육이 필요합니다. 그러나 우리 사회는 엇갈려 '나는 나' '너는 너'라는 이분적인 교육을 강요받습니다. 이것은 부정의 사슬을 끊지 못하게 하는 기성 세대의 논리에 불과합니다.

부모들은 이렇게 말합니다. "공부를 하면 뭐해, 출세만 하면 되지"정말 공감합니다. 그렇다고 출세하는 것이 만능은 아닙니다.

진부한 얘기지만 출세를 하기 위해서는 출세를 못한 사람이 있어야 가능합니다. 진성한 실력보다는 부정을 통한 출세가 어른도 애도 없는 세상을 만듭니다. 세상이 그렇다고 해도 가정이나 학교는 그렇게 가르치면 안 됩니다.

누구든 남보다 우월하고 싶습니다. 남에게 지고 싶지 않습니다. 지지 않기 위해서는 남보다 많은 긍정적인 노력을 해야 합니다. 부정적인 방법으로 얻으려 한다면 자신이나 주변을 부패하게 만듭니다.

남보다 낫고자 하는 것은 일종의 우월감인데, 노력하지 않는 우월은 위태로운 것이며 부정을 만드는 계기가 됩니다. 우리 사회가 이런 부정에 물들어 있기 때문에 위아래가 없는 부정 불감의 시대로 접어든 것이 아닌가 하는 생각이 듭니다.

이 글을 쓰면서 "과연 긍정의 가치라는 것이 우리 현실에 존재할 수 있는 걸까?" 그나마 양식 있는 사람들을 나는 존경합니다. 그들은 긍정적인 지성으로 주변을 아름답게 합니다. 사회의 일원으로 맡은 바 책무를 다합니다. 그야말로 그들은 허드렛일에서 전문직 일까지 자신의 직분에 맞는 일을 합니다. 그렇다고 실망하거나 남을 원망하지도 않습니다. 그것은 더 노력할 수 있는 힘이 있고 능히 그것을 극복할 수 있기 때문입니다. 그들의 양식 있는 행동은 누구에게도 굴하지 않는 떳떳함에 있습니다. 그런 사람이야말로 이 사회의 긍정적인 주춧돌이라 할 수 있습니다.

오랜 세월 우리 사회는 먹고 살기 위해 정신없이 달려왔다. 그 결과 경제적으로 나아지긴 했지만 일부 배부른 돼지와 굶주린 돼지는 일방적인 부정을 정의양 옛날의 자신을 잊고 살거나 그 경제적인 가치가 마치 하늘에서 스스로 떨어진 양 비아냥거리기 일쑤입니다. 불과 30년 전 일인데도 말입니다. 참으로 안타까운 일이 아닐 수 없습니다.

나는 옛날을 돌이켜 오늘을 사는 것이 현명한 처사라 생각합니다. 자신의 나라 아니 자신에게 있어서 설령 부정적인 면이 있다 한들, 그것은 우리 자신이기 때문에 바로 우리에게 맞는 밑거름이 될 것입니다. 그러나 일부 사람들은 과거의 땀보다는 현실의 부정적인 사고에 취해 자신의 노력보다는 남의 성과를 가로채려 합니다. 왜 그런 생각을 갖는 걸까요? 그것은 노력보다는 비방이 손쉽게 업적을 인정받을 수 있기 때문입니다. 이처럼 손쉽게 얻을 수 있는 업적이라면 무슨 일이든 못하겠습까. 이런 사회의 단면이 결국 부정으로 이어진다는 것을 알아야 합니다. 내가 아니라 서로가 힘을 합치면 더 큰 업적이 생긴다는 것을 알아야 합니다. 누구든 자기 자신이 업적을 쌓으면 좋겠지만 업적은 혼자서 쌓는 것이 아닙니다. 설령 혼자 쌓더라도 나누는 것입니다. 과거나 현재나 부정적인 사람에겐 남을 모함하여 이득을 얻는 것이 당장은 화려하고 아름다워 보일 것입니다. 그러나 이것은 한때의 쾌락에 불과하고 그런 업적은 오래 지속되지도 않습니다.

인간에게 있어 업적의 욕심은 본질적인 면으로 볼 때 울창한 나무의 뿌리와 같습니다. 그 욕심이란 늘상 고하를 막론하고 더욱 보편적인 긍정과 부정의 문제로 다가섭니다. 때문에 그 나무가 울창해지려면 그 뿌리가 조화를 이루어야 합니다.

서로 생각하는 범위 내에서 서로 즐겁게 이해를 도모하면 욕심이 없어집니다. 그러나 서로 욕심을 부릴 때 혼란이 찾아와 조화를 잃게 되고 그것이 부정이 되어 결국 파멸을 부르게 됩니다.

어떤 일에서나 긍정적이지 못한 것은 그 조화가 근본적으로 뒤틀려서 오는 것입니다. 이를테면 이것은 자기 위치에서 오는 불안감이나 경제적인 부담에서 오는 경우가 많습니다. 서로를 믿지 못하고 개인이나 그룹이나 상대방의 진실을 의심할 때, 사람의 마음은 격해지고 그것이 감정으로 번져 상대를 부정하게 됩니다.

긍정적이지 못한 사람들은 변화의 물결 속에서 결코 살아 남기 힘듭니다. 기회가 있을 때 살아 남지 못하면 그야말로 도태되는 것입니다. 도태된 사람들은 변화의 물결을 극복하려 할 것입니다. 그러나 준비없는 극복은 있을 수 없습니다. 그런 사람의 대부분은 생활고에 시달리기 때문에 어떤 일을 하든 뒤틀리게 되고, 결국에는 의욕 상실까지 겹치게 됩니다. 이럴 때 긍정적인 마음이 있다면 어떤 사태에 직면하든 두렵지 않습니다. 어떤 일에도 견딜 수가 있습니다. 부정이 깊으면 생활이 어려워집니다. 약간의 부정은 필요하겠지만 긍정이 기쁨을 만들고 행복을 만듭니다. 또한 그것이 보람된 일이며 상대를 진정으로 이해하는 계기가 됩니다. 부정적인 사람을 볼 때 누구든 한두 번은 이해를 합니다. 그러나 여러 번 이해를 하다 보면 자신도 모르는 사이에 그 사람으로부터 바보 취급을 당하게 됩니다. 그런 경우 적극적으로 기분 전환에 나서야 합니다. 늘 말하지만 누구에게나 그런 경우는 있습니다. 여기서 부정적인 감정이 생길 때 가능한 한 그런 사람을 피하는 것이 좋습니다. 그렇다고 이런 의미에 대해 복잡하게 생각하라는 것은 아닙니다.

열심히 살다 보면 그런 사람도 있고, 저런 사람도 있고, 그것은 당신의 이해 관계에 따른 평가만 있을 따름입니다. 이해 관계가 많아진다는 것은 잘못이 많다는 것으로 썩 유쾌한 일은 아닙니다. 아무리 믿거나 믿지 않거나 마찬가지입니다. 현명한 사람들은 이 사실을 인정하고 그 합리적인 대안을 찾기 위해 노력합니다. 이처럼 현명하면서도 긍정적인 사람들은 지나침이 없습니다. 또한 말없이 새로운 시작을 위해 준비합니다. 그런 사람들은 작은 듯하지만 꿈이 있기 때문에 작은 곳에서도 그 생활에 뿌리를 박고 높이 올라가려 합니다. 즉 작은 곳에서도 무엇인가 새로운 것을 찾아내어 자기 것으로 만듭니다. 또한 부정적인 면을 파악하고 그 부정을 긍정으로 바꿉니다. 그들은 가르쳐 준 것이 없어도 눈치껏 처신하여 누구보다 먼저 수완을 발휘합니다. 또한 우회적인 방법으로 위사람에게 인정을 받습니다. 뭔가 더 큰 꿈을 이루려는 사람에게는 그들의 지혜나 수단이 필요하므로 그들을 긍정적으로 대우합니다. 대우한 사람은 대우한 만큼 우월감이 생기고, 대우받은 사람은 대우받은 만큼 우월감이 생기므로 서로에게 만족할 만큼의 기대감이 긍정적으로 표출됩니다.

"10명이면 10명, 대우받는 것을 싫어하는 사람은 없습니다."이것이 사람의 마음입니다. 대우한다는 것은 긍정입니다. 긍정이 때로는 웃음거리로 변질될 수도 있습니다. 그러나 그것은 부정적인 자들의 이유없는 흠잡기에 불과한 것입니다. 따라서 부정적인 자들은 남을 핑계로 자신을 감싸며 남을 비방하는 것이 하루의 일과입니다. 그 비방에 합세하는 자들에게는 자신이 긍정적인 것처럼 이야기 합니다. 또한 합세한 사람들을 어느 순간 바보로 만듭니다. 결국 이런 사람들은 불행해 집니다. 당장은 행복해 보일지 몰라도 시간이 흐르면 불행해지기 마련입니다. 그렇다고 자신을 희생시키면서까지 긍정적일 필요는 없습니다. 언제나 소신껏 행동하면 됩니다. 이것이 오직 자신을 속이지 않는 것이며 행복한 긍정입니다.

사람이란 부득이한 경우가 아니라면 강요한 대로 움직이지 않습니다. 이처럼 긍정도 강요해서 오는 것이 아니라 스스로의 행동에서 오는 것입니다. 행동이 없는 긍정은 죽은 긍정입니다. 행동하는 긍정만이 자신을 행복하게 합니다. 이것이 멘토를 만나는 출발점이고 성공의 길로 가는 첫걸음입니다.

저자

목차

16

2 Part 노력만이 최고를 얻습니다

3 Part 배려하는 만큼 상대는 나를 돕습니다

4 Part 세련된 행동도 기술입니다

5 Part 지혜로운 삶은 꿈을 키웁니다

당신의 멘토

긍정이
희망입니다

누구든 잘할 수 있는 것이 있습니다

당신은 언제나 부정적인 생각을 마음속으로 품고 있습니다. 이처럼 자신이 싫거나 밉다. 용기가 없다. 훌륭하게 될 수 없다. 등등 자신 스스로 마음에 상처를 줍니다. 그런데도 이와 같은 사실을 종종 잊고 삽니다.

당신은 이같은 부정적인 생각을 자신의 마음으로부터 떨쳐버려야 합니다. 그러한 자해적인 생각을 갖게 되면 지금이 아니라도 훗날 성공하지 못할 것은 불보듯 뻔합니다.

만일 당신이 스스로 성공할 수 없다고 인정한다면 이것은 당신 스스로 자기 손발을 묶는 것과 같습니다. 그렇다면 당신이 사는 동안 단 한 번도 현명한 적이 없었던가? 언제나 백전백패했던가?

성공한 사람에게도 분명 약점이 있습니다. 또한 실패한 사람에게도 분명 강점이 있습니다.

머리가 나쁜 사람에게도 자신만의 우수한 지식이 있습니다.

아무리 못된 사람이라고 해도 도움을 주면 좋은 사람이 될 수 있습니다. 이처럼 사람들은 모두 양면적인 장단점을 가지고 있게 마련입니다.

여기서 긍정과 부정 둘 중 어느 하나만을 선택하도록 강요한다면 그것이 당신 자신을 거절과 경멸로 이끌어 스스로를 부정의 수렁에 빠뜨릴 것입니다.

누구든 때에 따라서 부정적일 수 있습니다. 지금 당신은 자신에 대한 부정적인 사고가 얼마만큼 있는가를 스스로 진단하고, 그것을 정화시키도록 노력해야 합니다. 그렇다고 해도 부정적인 사고를 몽땅 버릴 수는 없습니다. 하나 당신이 인식하고 생활할 정도는 되어야 합니다.

일은 언제나 미래를 지향해야 합니다

  망망 대해를 항해하기 위해 떠나는 선장처럼 처음 접하는
일은 설레임과 두려움이 따릅니다. 과연 얼마나 일을 잘 할
수 있을까? 그렇다고 한들 어느 정도 시간이 흐르면 누구나
적응을 하게 마련이고 그 일에 흥미를 가지게 됩니다. 또한
성취감을 맛보게 되면 또 다른 일에 도전을 하는 법입니다.
그러나 이것을 계기로 일에 미친다면 불행하게도 건강과 창
의성을 잃게 됩니다. 성과도 없는 일을 했다는 자책감과 이용
만 당했다는 생각에 스스로를 후회하게 됩니다.

  어떤 일이든 시간이 해결해 주는 일은 보편적인 일이며 가
치가 없는 일에 불과합니다. 그 결과 자신을 돌아보면 어리석
기 그지없습니다. 죽도록 하는 일은 습관입니다. 따라서 일은
미래 지향적이어야 합니다.

일은 행복을 키우기 위한 밑거름입니다

일이란 만족과 행복을 주는 소중하고도 귀한 것입니다. 그러므로 일에 불만을 느낄 때에는 못한 일을 부끄러워해야 합니다.

예컨대 일이 마음에 들지 않는다고 해서 대충대충하거나 상대에게 불평 불만을 늘어놓아서는 안 됩니다. 그렇게 되면 결국 자신의 마음가짐이 흐트러지게 되고 자신감을 상실하게 됩니다.

이때 일에 대한 의미를 되찾고 그것을 깨달아 행복을 찾는 것이 무엇보다 중요합니다.

실현 가능한 목표를 세우세요

어떤 목표를 지향할 것인가는 당신이 어떤 꿈을 꾸고 있는 가에 달려 있습니다. 더 나아가서 당신이 어떤 위치에 있고 현재 당신의 생활 수준이 어느 정도인가를 알아야 합니다.

당신은 허황된 목표에 허우적거릴 수도 있고, 구속받지 않는 인생을 원할 수도 있고, 오랜 세월 동경하던 한두 가지 꿈을 펼치고 싶을 수도 있습니다.

행여 당신은 모든 분야에서 만능이고 싶은 꿈을 꿉니다. 아마 나이가 들어 가면서 이런 과정을 경험하겠지만, 어느 상태에서 시작하느냐에 따라 직면하는 문제도 다를 것입니다.

당신의 목표가 너무 막연하고, 너무 멀리 있고, 너무 광범위하기 때문에 촛점을 잃을 수도 있습니다. 그러나 어떤 경우든 자기를 돌아보고 실현 가능한 목표를 세우는 것이 중요합니다.

존경하는 인물을 경쟁 상대로 삼는 것이 좋습니다

존경하는 인물이나 이상적인 인물을 목표로 삼되, 그를 닮기 보다는 차라리 마음속으로 그와 경쟁 관계를 유지하는 것이 좋습니다. 그들은 인생을 설계함에 있어서 본보기이고 꿈을 꾸기 위한 생생한 교과서입니다.

누구나 자기가 생각하고 있는 분야에서 가장 존경하는 인물을 마음속으로 그려야 합니다. 또한 그 사람의 행적을 따르고 배워서 끝내는 그 이상의 목표를 자신의 것으로 만들어야합니다.

이때 그를 무조건 답습하는 것이 아니라 스스로를 채찍질하기 위한 길라잡이로 삼아야 합니다.

이렇듯 어떤 인물을 목표로 삼는다고 하는 것은 그 사람과 같게 되는 것이 아닙니다. 그 목표를 지름길로 삼아 그 이상의 목표를 실현하는 것입니다.

마음먹기에 따라 세상은 달라집니다

자기가 없는 세상이 가끔은 멈출 것만 같다는 착각에 빠집니다. 이때 세상이 멈추지 않고 돌아간다는 사실을 자기가 아닌 제3자를 통해서 알게 됩니다.

이것은 당신이 어떤 일로 인해 화가 복받치면 온 세상이 화로 범벅이 된 듯한 착각에 빠지는 것과 같습니다. 그런 당신은 오직 자기 자신뿐이 모르는 이기적인 사람에 불과합니다. 세상은 그런 당신을 너그럽게 받아 주지 않습니다. 그런 당신은 결국 외톨이로 세상을 힘들게 살 뿐입니다. 이때 남들에게 있어 당신이 웃음을 달고 살든 화를 달고 살든 그다지 중요하지 않다는 사실을 깨닫게 됩니다. 다만 서로를 위해 웃음을 달고 살면 세상이 즐거워지고 화를 달고 살면 비참해진다는 사실입니다.

사소한 것이라도 정성을 다하세요

세상에는 일년 내내 정신없이 사는 사람들이 많습니다. 그들은 무엇이 중요한지도 모릅니다. 그러므로 막상 중요한 일에 써야 할 시간과 노력을 헛되이 써 버립니다. 대개 그런 사람은 누구를 만나 이야기할 때에도 정작 상대방의 인격에는 별로 관심이 없습니다. 그들은 진지함보다 형식에 얽매이기 때문에 정작 자기 발전을 기대하기 어렵습니다.

사람이 살아가면서 어떤 사소한 것이라도 그것에 관심을 갖지 않는다면 상대의 시선을 끌 수도 없고 즐겁게 할 수도 없습니다. 그러므로 아무리 사소한 것도 올바르게 판단할 수 있는 식견과 매너를 몸에 익혀야 합니다. 조금이라도 가치가 있다고 판단되는 것은 정성을 다해야 합니다. 그것들이야말로 상황에 따라서는 당신에게 믿음을 주고 상대에게 신뢰를 줄 수 있기 때문입니다.

자신감이 뜻을 이룹니다

어떤 일을 이루려면 자신감이 필요합니다. 이때 자신감은 하느냐 안 하느냐를 결정하는 중요한 요소가 됩니다.

자신감이 있을 때에는 상대를 과대 평가하지 않는 것이 좋습니다. 상대를 과대 평가하면 자신 스스로가 지레 겁을 먹어 결국은 자신을 위축시킵니다.

사람이란 지위에 따라 권위가 주어지는 것처럼 보입니다. 그러나 실력으로 높은 지위에 오르는 경우는 극히 일부에 지나지 않습니다. 따라서 지위가 있다고 미리 위축될 필요는 없습니다. 대부분의 사람들은 상대의 지위를 지레 짐작하여 자신감을 잃게 되는 경우가 있는데 그 실체를 알고 나면 별것도 아닙니다. 이렇듯 지혜로운 사람이 지나치게 소심해서도, 무식한 사람이 막무가내로 돌진해서도 안 됩니다. 무릇 자신감은 무식한 사람에게 있어 뜻을 이루게 하고, 지혜로운 사람에게 있어 더 큰 뜻을 이루게 합니다.

실패는 절망이 아니라 희망입니다

실패는 누구나 합니다. 그런데도 나만이 실패한 것처럼 자기 자신을 괴롭힙니다. 이것은 또 다른 실패를 부르는 것과 같습니다.

실패는 실패한 것으로 끝내야 합니다. 실패한 일을 두고두고 가슴에 새긴다면 그것은 절망을 부르는 것과 같습니다. 그러므로 실패는 절망이 아니라 성공의 밑거름이라는 사실을 깨달아야 합니다.

공통된 목표는 팀웍을 창출합니다

어떤 집단이든 조직적으로 움직이는 것이 바람직합니다. 그럼에도 불구하고 개인 행동을 하는 사람들이 있게 마련입니다.

전문적인 사람들이 모인 집단이라도 전문화된 기능을 자랑스럽게 여기고 소중히 하는 것까지는 좋습니다. 그러나 지나치게 남을 거부하고 자기 입맛대로 일을 처리한다면 오히려 조직 전체로 볼 때에는 해가 됩니다.

조직내의 일에 있어서 자기 일 외에는 어떤 일이든 무관심한 관계를 지나쳐 오직 자기 일뿐이 모르는 사람들이 있습니다. 그런 사람은 불평 불만이 많고 매사를 정략적으로 계산합니다. 또한 자신의 권력과 야망을 쫓습니다.

이처럼 이기적인 사고가 조직에 해를 끼칩니다. 이를 제거하기 위해서는 공통된 목표를 주는 것이 좋습니다. 목표에 의한 일은 조직에 있어 팀웍이 창출됩니다. 그리고 조직의 목적

달성을 위해 다른 조직과의 협력을 자연스럽게 도모합니다.

특히 봉사 활동의 경우, 자기 일과 관련이 있을 때에는 열성적이지만 남의 일에는 소극적일 수가 있습니다. 그렇기 때문에 공통된 목표를 주는 것이 무엇보다 중요합니다. 공통된 목표를 주게 되면 개인적인 성향이 사라져 그 집단 자체가 일사불란하게 움직일 것입니다.

현실은 희망입니다

돈을 빌려 간 친구에게 돈을 갚으라고 했습니다. 그랬더니 그 친구는 뻔뻔스럽게도 이런 말을 했습니다.

"더럽고 치사해서 안 떼어먹는다."

친구 사이에도 이렇게 말을 합니다. 그러니 그 밖의 사람은 오죽하겠습니까? 요즘 이만한 일에 미안하다고 생각하는 사람이 얼마나 될까요.

참으로 현실은 뻔뻔스럽습니다. 그런 잘못된 양심에 회의를 느끼면서도 현실적 삶의 조화에 대한 희망은 놓지 않습니다.

세상에는 비정하면서도 무서운 현상들이 있습니다. 그리고 혹독한 희생과 마음의 부조화가 있습니다. 더구나 말로 표현할 수 없을 만큼의 양심이 부패해 있습니다. 그래도 꿋꿋하게 살아가야 합니다. 인간의 양심이 정의와 연결된 것이라 생각하고 그 연속성이 부패된 사회를 정화할 수 있다고 믿어야 합니다. 그것은 반딧불만큼의 아주 희미한 빛에 불과하지만 현실은 희망이기 때문이다.

결심이 나를 만듭니다

세상은 생각한 대로 됩니다. 만일 마음먹은 일을 머리 속으로 생각하고 그것을 결심했다면 이미 절반은 이루어진 셈입니다.

누구든 세상을 살아가면서 반드시 하겠다고 마음만 먹으면 절반의 뜻은 이룬 것입니다. 그러나 포기를 한다면 당신은 그 무엇도 이룰 수 없는 사람이 됩니다.

어떤 불가능한 일이라도 당신이 결심만 한다면 끝내 당신의 눈앞으로 놀랄 만한 기적이 일어납니다.

사람과 사람은 서로의 이해가 필요합니다

친한 친구와 만나면 누구라도 즐거운 이야기로 시간을 보
냅니다. 그렇게 말을 많이 하면서도 진정 마음속 깊이 담아둔
이야기는 하지 않습니다. 그렇다면 그런 일이 왜 생길까요?
여러 가지 요인들이 있습니다. 그중 당신 자체가 '나는 나'
'너는 너'라는 생각을 마음속에 품고 산다는 사실입니다. 그
러기에 사람은 생각할 수 있는 능력뿐만 아니라 희로애락의
감정이 상황에 따라 다릅니다. 각자의 감정으로 기뻐하거나,
화를 내거나, 눈물을 흘리고, 손뼉을 치면서 웃거나 즐거워합
니다. 이처럼 사람의 생각은 제각각이므로 차근차근 풀어 나
가야 할 문제가 태산입니다. 그렇기 때문에 상대방과 의사 소
통이 안 된다고 실망할 것까지는 없습니다.

대인 관계도 이와 만찬가지로 이해 관계가 다르면 언제나
등을 돌리게 되는데, 서로의 이해를 통해 화합하는 것이 바람
직합니다.

44

사람은 성공하기 위해 태어났습니다

사람이란 성공을 위해서 태어났는지도 모릅니다. 그것은 부모로부터 자신에 이르기까지 성공에 목말라 있기 때문입니다. 성공은 자신감과 간절함 그리고 주의 환경과 자신의 노력으로 성취된다는 것쯤은 익히 알고 있는 사실입니다. 그러므로 불가능해 보이는 도전도 강한 의지로 밀고 나가면 결국 성공하게 됩니다.

사람 중에는 무슨 일을 하든 잘 풀리는 사람이 있고, 무슨 일을 하든 잘 풀리지 않는 사람이 있습니다. 풀리는 사람과 풀리지 않는 사람의 차이를 비교해 보면 재능이나 자질 그리고 방법론에 있어서는 별반 차이가 없는 듯합니다. 그런데 한 사람은 성공하고 다른 한 사람은 실패합니다. 이것은 자신감과 간절함의 차이입니다.

어떤 일이든 성공하는 비결이 있습니다. 그것은 포기가 아니라 그 일을 간절하게 원하는 것입니다. 실패하는 사람들의 대부분은 성공을 의심합니다. 그렇게 되면 그 순간 자신감과 간절함이 사라집니다. 결국 실력의 절반도 발휘하지 못한 채 실패의 길로 들어섭니다.

일단 정해진 일에는 열정을 쏟아야 합니다

어떤 일에 있어서든 관심이나 흥미를 넘어서는 것이 열정입니다. 대부분 일에 열정을 쏟으면 힘들긴 해도 어느 정도의 피로감은 사라집니다. 이때 열정을 끌어내는 최선의 방법은 적극적인 자세입니다.

열정이 없으면 오랜 시간 하고자 하는 일을 지속할 수 없습니다. 그리고 흥미 위주로 접근하면 쉽게 싫증이 납니다.

열정적인 일이란? 남에게 칭찬을 받기 위한 것이 아니라 그 노력에 대한 만족감과 마무리할 순간의 성취감을 말하는 것입니다.

46

당신이 이루고자 하는 목표를 최우선으로 떠올리세요

당신이 이루고자 하는 목표가 가령 연예인이든, 운동 선수든, 과학자든, 사장이든 그 과정에 있어서의 노력은 거의 비슷합니다. 당신이 성공에 이르고 싶다면 원하는 목표를 향해 마음을 조절해야 합니다. 그리고 기초적인 준비에 동기를 부여해야 합니다. 즉 머리 속으로 되고자 하는 장면을 항상 최우선적으로 떠올려야 합니다. 그런데 일반적으로 자기가 간절히 원하는 것이 무엇인지를 알고 있는 사람은 100명에 1명 꼴도 안 됩니다.

졸업을 앞둔 젊은이들에게 당장 무엇을 할 것인가에 대해 물어보면, 그저 대부분의 젊은이들은 '어떤 일이든 좋으니 생활만 보장되면 됩니다.' '어떤 분야든 좋으니 오직 돈만 많이 벌면 됩니다.' 이처럼 그들의 머리 속에는 목표가 없습니다. 그런 젊은이들이 과연 일생 동안 어느 목적지에 도달할 수 있을까요? 도달하지 못합니다.

당신도 알겠지만 그런 젊은이들은 원점을 빙빙 돌다 결국에는 일생을 마치게 됩니다. 그런 젊은이들은 자기 자신의 목표를 모르기 때문에 달성하려는 계획조차도 없습니다.

인생에 있어서 무엇인가를 하려는 사람, 즉 성공하기를 바란다면 지금이라도 당장 목표를 세우는 것이 바람직합니다.

당신은 인생에 있어서 무엇을 얻고자 합니까? 우선 그것을 정확히 해야 합니다. 또한 어디로 가려 하는지 마음을 정하고 성공한 인생을 만들려는 확고한 의지를 거듭 자신에게 주입시켜야 합니다. 확고한 의지가 당신에게 있다면 당신은 반드시 성공합니다.

잠재 의식을 깨우세요

우리의 머리 속 깊은 곳으로 보이지 않는 강력한 힘이 있습니다. 그것은 의식과는 별도로 끊임없이 사고와 감정을 유발시킵니다.

여기서 잠재 의식의 한계를 규정지을 수는 없지만, 잠재 의식은 생명이 다하는 날까지 밤낮으로 우리에게 닥쳐 올 위험을 미리 암시해 줍니다. 또한 불가능한 일을 가능하게 해줍니다. 만일 당신이 이 잠재 의식을 잘 활용만 한다면 기적이 일어날 수도 있습니다.

잠재 의식이란 무엇일까? 단지 추측과 이론뿐입니다. 그렇다고 해도 심리학자들에게는 정신적 세계를 연구하는 데에 있어 아주 매력적인 주제가 됩니다. 여기서 그들이 그것의 실체를 규명하진 못했다 해도 그것은 머리 속에서 활동하는 힘으로 언제나 자신을 위해 간절히 원한다면 그 힘을 끌어낼 수 있습니다. 이 잠재 의식이 얼마나 중요한가에 대해 자기

49

나름대로 체험하지 않은 사람은 거의 없을 것입니다.

인생에 있어서 가장 훌륭한 업적은 의식과 잠재 의식의 긴밀한 협조로 이루어집니다. 단지 그 힘을 어떻게 끌어낼 수 있느냐 하는 것입니다.

당신은 지금 간절히 무엇인가를 이루고 싶어합니다. 그것이 어쩌면 눈앞의 사소한 일일지도 모릅니다. 혹은 어떤 강렬한 야망일지도 모릅니다. 분명 그 어느것이든 이룰 수 있는 찬스가 옵니다. 당신은 우선 이 사실을 믿고 당신에게 말해야 합니다.

'나는 반드시 할 수 있다.'

당신이 날마다 자신에게 할 수 있다고 다짐을 하면 모든 일에 확신이 생깁니다. 그런 당신은 성공의 돛을 올린 것이나 다름없습니다.

당신의 장래 목표가 무엇이든 자신 스스로 간절히 원해야 합니다. 언제나 할 수 있다는 욕구가 당신의 머리 속 깊이 잠재해 있어야 합니다. 그렇지 않다면 잠재 의식은 당신의 목표를 위해 결코 작동하지 않을 것입니다.

꾸준한 노력은 게으른 재능을 앞지릅니다

당신에게 재능도 없고 노력도 없다면 결코 남보다 뛰어날 수 없습니다. 평범하지만 꾸준히 노력을 하는 사람은 재능이 있는 사람보다 명성을 얻을 수 있습니다. 하물며 노력과 재능을 두루 갖춘 사람은 훨씬 더 큰 명성을 얻기에 충분합니다.

명성이란 어떤 경우든 노력을 통해 얻을 수 있습니다. 오직 노력만이 높은 지위를 얻게 되는 것입니다. 노력을 했음에도 불구하고 용의 꼬리보다 닭의 머리가 되었다면 그런대로 눈 감아줄 수 있습니다. 그러나 용이 될 수 있는데 닭의 머리로 만족한다면 그야말로 변명할 여지도 용서할 여지도 없는 것입니다.

명성을 얻으려면 오직 하나 자신의 재능과 노력뿐입니다.

당신은 지금도 늦지 않았습니다

우리는 흔히 이런 말을 입버릇처럼 달고 삽니다.

'나는 이미 늦었어'

'나는 이미 틀렸어'

'나는 가방 끈이 짧아' 등등

이런 말은 게으른 사람의 핑계에 불과합니다.

노동연구단체에 의하면 놀랍게도 가장 능률적으로 일할 수 있는 사람의 평균 나이는 40대 후반이라고 합니다. 그러나 그 나이가 되면 대부분 명예 퇴직을 생각합니다.

왜? 40대에 명퇴를 생각해야 할까요?

분명한 것은 자기 개발을 게을리 했다는 것입니다. 흔히 게으른 사람들은 나이 먹은 것이 명퇴의 원인이라고 생각합니다. 알고 보면 그런 사람들은 하고자 하는 노력도 목표도 없습니다.

창의란 새로운 것에 대한 갈망입니다

새로운 것을 추구하는 사람들이 갖는 재능 중의 재능이 창의력인데 이것은 꿈꾸는 자의 몫입니다.

새로운 것을 만들기는 어렵지만 쓰기는 쉽습니다. 그리고 그것은 혜택입니다.

새로운 것이 생기는 것은 몇몇 사람들의 호기심과 실천력에 의한 결과물입니다.

사람들은 새것을 선호합니다. 그것이 대다수 사람들을 만족시킵니다.

그렇다고 새롭다는 것이 항상 좋은 것만은 아닙니다. 때로는 해가 될 수도 있습니다. 그래도 새로운 것을 만든다는 것은 칭찬을 받아 마땅합니다.

창의란 모방에 의한 모방이 아니라 창의적인 모방을 말합니다. 다시 말해 창의는 모방보다 나은 새로운 것에 대한 갈망입니다. 따라서 창의는 우리 사회의 빛이며 희망입니다.

준비가 곧 발전의 시작입니다

준비가 없는 발전은 기대할 수 없습니다. 비정한 현실은 경쟁으로 존재하며, 어떤 자리든 준비한 자만이 그 자리를 유지할 수 있는 것입니다. 이렇듯 준비하는 자만이 살아 남는다는 것을 당신도 익히 들어 알고 있습니다. 그러니 생각으로 그치는 준비는 시간 낭비일 뿐입니다.

만일 당신이 어떤 일에 있어서 준비를 끝냈다면 틀림없이 긍정적인 답이 나올 것입니다. 또한 당신의 희망찬 내일이 열릴 것입니다.

예컨대 어떤 젊은이라도 사회에 첫발을 내딛는 순간 대기업의 이사가 될 수 없습니다. 한 단계 한 단계 과정을 거쳐야 그 지위에 오를 수 있는 것입니다.

이때 그 준비는 계단을 올라가는 안내자로 그 승진을 돕습니다. 그리고 초지 일관 실력을 발휘하게 하여 그 지위에 오르게 합니다.

우선 당신이 지위를 얻으려면 지금부터 준비를 해야 합니다. 만일 준비를 하지 않는다면 어떻게 당신이 원하는 것을 얻을 수 있겠습니까?

당신이 원하는 것을 얻고자 한다면 우선 그 일을 훌륭히 해낼 수 있는 준비가 필요합니다. 결코 준비없는 현실은 허구에 불과합니다.

예컨대 대부분의 구직자들은 면접에 있어서 고용주에게 어떤 도움이 될 것인가를 사전에 알아보고 준비를 해야 하는데, 그저 자신의 신상 문제에 비중을 둡니다. 이때 고용주는 그 구직자가 얼마나 쓸모있는지를 더 비중있게 본다는 사실입니다.

지금이라도 당장 당신이 원하는 회사에 입사하고 싶다면,

'나는 당신 회사에 반드시 입사한다.' 라는 사실을 믿고, 그 회사에 대한 여러 가지 정보를 바탕으로 철저히 준비를 해야 합니다.

첫인상은 상대에게 두고두고 남습니다

 사람은 옷차림이나 매너에 신경을 써야 합니다. 복장이 불량하고 입이 거치르면 동료들로부터 받는 이미지는 어떨까? 그에게 일을 맡기거나 도움을 받고 싶을까? 그리고 그가 능력이 있는 것처럼 보일까?

 첫인상은 사람 관계에 있어서 매우 중요합니다. 그러므로 처음부터 상대에게 나쁜 인상을 주어서는 안 됩니다. 왜냐하면 그것은 사회 생활의 중요한 요소이기 때문입니다.

 당신도 상대를 거울삼아 인상을 바꾸세요. 그리고 남에게 어떤 이미지를 주고 있는지 지금 당장 체크해 보세요.

 좋은 인상은 대인 관계를 부드럽게 할 수 있습니다. 나쁜 인상은 분위기를 썰렁하게 할 뿐만 아니라 그것을 되돌리기란 그리 쉽지 않습니다. 이처럼 인상은 대인 관계를 좌지우지하기 때문에 항상 잘 가꾸어야 합니다.

당신은 반드시 성공합니다

진정으로 성공을 마음속에 그려야 합니다. 당신은 성공을 바라고, 키우고, 잡아야 합니다. 실패한 생각이 파도처럼 밀려올 때 그것을 멀리하고 다시금 마음속을 다잡아 새롭게 당신의 성공을 확신해야 합니다. 성공을 위해 무수한 날을 자기와의 싸움에서 이기지 않으면 안 됩니다. 또한 포기해서도 안 됩니다.

성공이라는 목표를 향해 도전하는 습관이 당신의 일부가되도록 항상 노력해야 합니다. 매일 당신의 성공 본능을 불태워야 합니다. 그리고 성공을 위해서라면 못한다는 생각을 마음속에서 지워 버려야 합니다. 이것은 결코 쉬운 일이 아닙니다. 그렇다고 해도 당신은 할 수 있습니다.

만일 당신의 마음속에 못한다는 생각이 너무 깊으면 일이잘 풀리지 않을 것입니다. 그럴수록 당신은 성공에 대한 본능을 일깨워야 합니다.

언제 어디서나 못한다는 생각을 극복하면 성공은 반드시 당신과 함께할 것입니다.

대범함을 키우세요

대부분의 사람들은 발등에 떨어진 일뿐이 모릅니다. 평범한 일 때문에 갑자기 맥이 풀립니다. 적은 손해나 이득에 울근불근 감정의 골이 생깁니다. 남의 일에 쇼크를 받습니다. 이런 사람은 마음이 약해 꿈도 작습니다. 이런 증상이 오면 그 사람의 미래는 어둡지요. 매사에 일희일비하지 말고 대범함을 보여 주세요. 그러면 자신감과 적극성이 생깁니다.

한 번의 실수로 언제까지나 속을 끓이면 자신에게도 전혀 도움이 되지 않습니다. 또한 일마다 실수를 연발하게 되죠. 매사를 대범한 눈으로 보면 유연성이 생깁니다. 이것이 어떤 의미에서 보면 관용이 됩니다.

큰 꿈을 펼치려면 큰 목표가 있어야 합니다. 큰 목표라 해도 그것이 막연하면 큰 꿈을 이룰 수가 없습니다. 실천도 못할 상상 이상의 꿈을 꾸면 오히려 행동에 장애가 옵니다.

예컨대 전혀 관련이 없는 분야를 향해 꿈을 꾸는 사람, 즉 학문과 관련이 없는 사람이 어떤 새로운 학설을 발표한다든가, 학문을 통해서 세계적인 문호가 될 거라는 꿈 같은 것 말입니다.

평범한 사람이면, 직장인이 되어 오직 CEO가 되거나 임원이 될 수 있다는 꿈이 현실적인 것입니다. 그렇다고 해도 스스로 자신의 꿈을 억제할 필요까지는 없습니다. 그 억제된 꿈이 불만으로 나타나기 때문에 평범함보다는 대범함을 키우는 쪽이 훨씬 더 자신을 발전시킬 수 있습니다.

색깔있는 명함으로 나를 보여 주세요

자기 나름으로 활동하는 일이 있다면 직함을 넣어 창의적인 명함을 만들어 보세요. 젊은 층에서는 요즘 회사 명함 외에 특색 있는 자기 자신만의 명함을 상대에게 건네는 경우가 종종 있습니다.

현실적으로 그런 일은 실례가 될지도 모릅니다. 그러나 인맥을 넓히려는 의지가 있다면 때와 장소를 가려 반드시 개인 명함을 건네 보는 것도 색다른 체험입니다. 이처럼 개인 명함을 가지고 있다는 것은 상대에게 자신의 개인적인 활동과 특기를 십분 알리고, 또한 자신의 당당한 삶을 보여 주는 계기가 됩니다.

이때 회사의 명함과는 관련이 없음을 상대방에게 알리는 것이 예의입니다.

자신의 객관적인 가치를 높이세요

반드시 실력이 있다고 해서 몸값이 높아지는 것은 아닙니다. 대개의 경우 자신이 우수하다는 것을 보여 주는 것도 아니고 그것을 알리려고 하지도 않습니다. 그저 평가하는 대로 흘러갑니다. 그들은 그렇게 평가하는 것을 자기 눈으로 보기 때문에 자기도 그렇게 수긍하는 편입니다.

이런 현실에서 자기 몸값을 당당하게 요구한다는 것은 정말이지 대단한 능력입니다. 몸값을 올리는 데에는 이런 방법이 효과적입니다. 다만 이 방법에는 진실이 뒤따라야 합니다.

자신을 인정해 주는 전문가들에게 추천서를 받으면 그것에 대한 인정이 가능해집니다. 그리고 많은 사람들로부터 관심을 갖게 됩니다.

사람들은 누구나 자신이 전문가라고 생각합니다. 그렇지 않다 해도 열등감 때문에 그런 사람을 선호합니다. 사람이라면 누구나 가치 있는 것에 눈을 돌리게 마련이고 그 가치에 많

은 것을 투자하고 싶어합니다. 이때 상식적인 지식을 전문적
인 지식으로 위장한다면 자신의 가치는 물론이고 다른 사람
의 시선도 끌지 못합니다. 결국 그렇게 되면 자신의 몸값과
명예는 땅에 떨어지고 말 것입니다.

세상에서 무슨 짓이든 할 수 있다고 생각하는 사람은 꽤나 자신을
속이고 있는 사람이다.
더군다나 자기가 없으면 세상이 안 돌아간다고 착각하는 사람은 그
이상으로 잘못된 사람이다.

라 로슈프코(프랑스의 모랄리스트)

남을 인정하는 사람이 강한 사람입니다

일상 생활을 돌아보면 남의 잘한 점보다 잘못한 점에 관심이 많습니다. 이는 누구나 마찬가지로 남을 인정할 수 없기 때문입니다.

사람이란 티끌만한 행동일지라도 자신의 잘못은 덮고, 남의 잘못은 금방이라도 찾아내어 지적하려는 습성이 있습니다. 그렇기 때문에 대개의 경우 자신이 저지른 잘못은 보이지 않는 것입니다. 그래서 그런지 자신의 잘못은 얼렁뚱땅 넘기려 합니다. 이때 그것을 보는 남은 얼마나 우습겠는가? 그런 식의 상황이 매번 반복되면 결국 그런 사람은 신뢰를 잃게 됩니다. 아마 당신도 그런 행동에서 자유롭지 못할 것입니다. 그러니 당신도 깊이 반성해야 합니다. 아니 적어도 그렇게 되지 않도록 노력해야 합니다.

누구든 남을 인정하는 사람일수록 상대를 쉽게 용서할 수 있습니다.

예컨대 자녀가 잘못을 해도 당신은 그를 야단치기보다는 이해하려고 노력할 것입니다. 그것은 경쟁적이기 보다는 인정하기 때문입니다. 결국 인정한다는 것은 남의 잘못을 이러 쿵저러쿵 말하지 않는다는 것입니다. 사람으로서 잘못된 점의 인식 차이를 인정하면 남의 잘못을 티끌처럼 아주 작게 볼 수 있습니다. 만약 그 잘못이 크게 보이면 그것을 이해하는 쪽으로 생각을 바꿀 때 자신이 강해지는 것입니다.

일은 즐겨야 합니다

　친구들과 함께 수다를 떨다 보면 1시간도 2시간도 좋습니다. 하지만 마음에 들지 않는 사람과 얘기를 하다 보면 단 몇 분이라도 머리가 아픕니다.

　일에 있어서도 마찬가지입니다. 즐겁게 일을 하면 마음이 가벼울 뿐더러 몸도 덜 피곤합니다.

　어떤 경우든 마음을 쓰기에 달렸습니다. 싫든 좋든 자신에게 맡겨진 것이라면 반드시 즐겁게 하는 것이 바람직합니다.

당신의 멘토

노력만이
최고를 얻습니다

2

하루의 아침이 오늘을 결정하고 미래를 풍요롭게 합니다

아침에 일찍 일어나는 것이 좋다는 것은 누구나 다 아는 사실입니다. 그러나 아침에 일찍 일어난다는 것은 그리 쉬운 일이 아닙니다.

이제부터라도 아침 일찍 일어나 그날의 계획을 세워 보세요. 성공한 사람치고 아침 일찍 일어나 그날의 계획을 챙기지 않는 사람은 없습니다.

*하루의 아침은 가슴을 설레이게 한다.

*하루의 아침은 여유를 갖게 한다.

*하루의 아침은 미래를 꿈꾸게 한다.

*하루의 아침은 인생의 나침반이다.

경쟁자를 이기세요

경쟁 관계에 있어서 경쟁자가 힘이 센 쪽으로 붙었다고 한들 결코 자신은 약한 쪽으로 붙지 마세요. 그러면 지는 싸움이 됩니다. 그런 처세는 패배를 인정하는 꼴이 되고 머지않아 불이익을 당하게 될 것입니다. 이때 경쟁자가 앞서 힘이 센 쪽을 선택한 것은 발빠른 처신입니다. 그렇다고 여기서 힘이 약한 쪽을 선택하면 진정 어리석은 처세입니다. 이런 생각은 말로 하는 것보다 행동으로 옮길 때 더욱 위험합니다. 경쟁에서 밀리는 사람의 공통점은 적을 이롭게 하거나 자기 편과 다투어서 그들과 관계를 끊고 멀어지는 것입니다. 다시 말하지만 경쟁자는 약한 쪽에 발을 들여놓지 않습니다. 감정보다는 명분에 따라서 힘이 센 쪽을 선택합니다. 결국 경쟁자를 힘이 센 쪽에서 밀어내려면 힘이 센 쪽을 먼저 선택하는 것입니다. 그러면 경쟁자는 조급한 마음에 힘이 센 쪽을 버리고 한동안 후회할 것입니다.

너무 허물없이 지내면 위아래가 없어집니다

너무 가깝게 지내면 위계 질서가 문란해집니다. 그리고 끝내는 존경이 아니라 무시당하는 꼴을 면치 못합니다.

사회적으로 지위가 있는 사람들은 보통 사람들과 거리를 두기 때문에 권위와 품위가 유지되는 것입니다.

말을 놓고 지내는 사이일수록 하찮은 말 한마디에도 무시하는 마음이 싹트게 됩니다. 또한 자기 것을 허물없이 드러낼수록 자신에게는 불리합니다. 함부로 약점을 드러내는 것은 자신을 무시해도 좋다는 간접적인 의사 표시입니다. 친하다고 해서 공개적으로 이런 저런 시시콜콜한 얘기를 하게 되면 어느 순간 체면이 구겨집니다.

사회 생활을 함에 있어서 극히 만남의 자리는 어떤 경우든 처신을 잘해야 합니다. 윗사람이든 아랫사람이든 그것으로 인해 약점이 될 수도 있고 무시를 당할 수도 있기 때문입니다. 더구나 천박한 사람들과 가깝게 지낸다는 것은 아주 잘못

70

된 관계입니다. 그런 사람들은 자기에게 예를 갖추면 자기가 대단한 양 착각을 합니다. 그렇게 되면 결국 기어오르게 되고 끝내는 품위가 손상됩니다.

먼저 시작하는 사람이 명성을 얻게 됩니다

우리가 살아가면서 어떤 일이든 뒤따라 가는 것보다 앞서 가는 사람이 훌륭한 사람입니다. 더군다나 그 일을 성공시키면 남들로부터 칭찬을 받습니다.

예컨대 선수들이 스타트 라인에서 출발을 합니다. 이때 출발 신호와 동시에 뛰는 선수가 유리하다는 것쯤은 누구나 다 알고 있는 사실입니다.

이와 마찬가지로 일도 먼저 시작하는 사람이 먼저 성취하는 법입니다. 또한 그 가치는 매우 놀랍고도 독보적입니다.

어떤 일이든 먼저 시작하는 사람만이 명성을 얻습니다. 그리고 나머지 사람들은 그의 명성에 가려 뒤만 따라가게 됩니다. 흔히들 일에 있어서 뒤따라오는 사람은 이런 불평을 합니다.

'나는 저 친구보다 먼저 그 일을 시작했다.' 라고 말입니다. 그러나 세상 사람들은 그것을 믿어 주지 않습니다.

앞서가는 사람들은 남보다 먼저 생각하고 먼저 새로운 것을 시도합니다. 그리고 항상 신중하게 행동합니다. 그러기에 그들은 명예를 얻게 되고 또한 단체에 이름을 남기게 됩니다. 더어나가 사회에 이름을 남기게 됩니다.

누구든 남이 시작한 일을 하고 싶어하는 사람은 없습니다. 그보다 새로운 일을 하고 싶어합니다. 그럼에도 불구하고 정작 남을 따라가기 바쁜 것입니다.

세상에서 가장 앞서가는 사람은 현재에 만족하는 것보다 현재 무엇을 하고 있느냐 하는 것입니다.

화합은 희망입니다

　가정이든 사회든 안정이 되지 못하면 중심이 없어집니다. 이럴 때 사회 분위기는 혼탁해지고 지도자는 그 본질을 잃어 대중의 배척을 받습니다. 어떤 분야의 사람이 지도자가 되느냐 하는 것은 그리 중요하지 않습니다. 다만 이 상태로 간다면 끝내 현재의 상태를 벗어날 수 없다는 것입니다.

　현실은 적대적 이념으로 변질되고 자녀 세대와 부모 세대는 전쟁 중입니다. 이런 현실에 몸살을 앓고 있는 우리는 정신적인 혼란에 휩싸여 허우적거릴 뿐입니다. 이쯤에서 투쟁이냐, 선동이냐가 혼란의 불씨로 남습니다.

　지금 당신은 화합을 위한 사람이 되도록 노력하세요. 화합은 희망을 창출하기 위한 동력입니다.

인간 관계는 자신의 선택이며 책임입니다

인간 관계를 피하거나 고민하는 사람들이 많습니다. 그러나 이것은 사치러운 행동입니다.

정도의 차이는 있겠지만 마음에 안 드는 사람과 함께 지낸다고 해서 내가 꼭 나빠지는 것만은 아닙니다.

가령 토끼 우리에 강아지를 넣었다 치면 토끼는 살아남기 위해 노력을 할 것입니다. 결국 행동도 민첩해질 것이고 활력도 유지될 것입니다. 그런 상황이 아니라면 토끼는 외로움과 비만으로 끝내 건강을 잃어 죽게 될지도 모릅니다.

내 주변에 참을 수 없을 정도의 사람이 있습니다. 그 사람이 내 친구에 친구라고 생각하면 미워하기 어려울 것입니다. 친구에 친구를 싫어한다는 것은 나에게도 문제가 있다는 것과 같습니다.

아무리 친구 사이라도 시간이 흐르면서 대개의 경우 자기 친구를 싫어하면 그 친구도 나를' 싫어하게 됩니다.

상대를 싫어하는 이유는 무엇인가? 그렇다면 그 사람과 자신을 비교할 때 원만한 인간 관계를 유지하고 있는가?

상대는 나를 어떻게 생각하고 있는지 정작 자기 나름대로 반성해야 할 것들이 많습니다.

항상 인간 관계는 당신 앞에 있습니다. 그러므로 당신 자신에게 책임이 있는 것입니다. 그렇다고 모든 사람들과 잘 지내라는 것은 아닙니다. 다만 사적으로 얽힌 것이라면 마음먹기에 따라 반드시 풀 수 있습니다. 이처럼 인간 관계를 스스로 개선하는 것도 자신의 능력입니다. 사람이 살아가는 동안 누구를 싫어하겠는가? 누구든 싫어하는 마음을 줄여 가면서 사는 것입니다.

돈은 선한 것도 악한 것도 아닙니다

　살아가는 동안 돈은 따라다니게 마련입니다. 입고ㆍ먹고ㆍ자고ㆍ타는 데도 돈은 필요합니다.

　어느 나라 어느 곳을 가든 깡통을 들고서 구걸하는 사람들이 있습니다. 만약 주고 싶어도 돈이 없어서 못 줄 경우가 있습니다. 이때 아무리 미안한 마음을 전해도 그들은 섭섭해 합니다. 그만큼 돈은 생계에 있어 중요한 것입니다.

　돈을 어떻게 하면 많이 벌 수 있을까? 그 방법은 수만 가지입니다. 상황에 따라서 쉬울 수도 어려울 수도 있습니다. 장사를 하거나, 회사를 다니거나, 파트 타임을 합니다. 이것이 여건에 따라서는 많은 돈을 벌 수도 있습니다. 어쨌든 일이란 돈을 받게 마련입니다.

　돈의 위력은 대부분 빚쟁이에게 시달리거나 중병으로 절박할 때 나타납니다. 이때 돈은 빚에 시달리는 사람에겐 단비요. 중병에 걸린 사람에겐 새 생명입니다.

돈이 많은 사람들은 놀부심사(심술궂고 인색한 마음씨.)로 힘든 일은 남에게 시킵니다. 그리고 전혀 양심의 가책을 느끼지 못하는 듯, 더러워질 이유가 없는 뽀얀 얼굴과 뽀얀 손을 치장합니다. 그들은 인권을 무시한 채 많은 사람을 제멋대로 부리는 것이 옳다고 생각합니다. 그러니 그들의 심장은 얼음장과 같습니다. 그들은 돈의 힘으로 없는 자를 인정 사정없이 몰아붙입니다. 돈 때문에 살인도 서슴치 않습니다. 그토록 돈에 욕심이 많은 사람들은 누구도 믿지를 못합니다. 왜냐하면 그들은 어떤 치명적인 약점이 있기 때문입니다.

돈이 많은 사람들은 이중적입니다. 마음씨가 좋은지 나쁜지를 알 수 없습니다. 그것은 부모로부터 돈을 받았거나 부정으로 돈을 모았기 때문입니다. 그렇지 않다면 어디서 그렇게 많은 돈을 모았을까요?

돈이 많은 사람은 명예가 돈인지 돈이 명예인지 분간을 못합니다.

분명 명예는 사람들에게서 얻는 것이고 돈은 정당한 일로 얻는 것입니다. 그러나 그들은 수단과 방법을 착각합니다. 이런 사회는 부패한 사회입니다.

돈은 악도 아니고 저주스러운 것도 아닙니다. 다만 쓰는 사람에 따라서 악할 수도 선할 수도 있는 것입니다.

돈이란 잘 쓰면 축복이요. 잘못 쓰면 재앙이 되는 것과 같습니다.

다른 사람의 마음속에 무슨 일이 일어나고 있는지를 몰라서 불행해지는 경우는 거의 없다. 그러나 자신의 마음속에서 일어나는 일을 지나치면 반드시 불행에 빠질 것이다.

어거스틴(신학자)

배움은 자기 자신을 발전시킵니다

지식이 없다면 지식이 많은 사람과 사귀는 것이 좋습니다. 자신의 지식이든 남의 지식이든, 배움을 게을리 한다면 참된 삶이 불가능할 뿐더러 사회 생활도 힘들게 됩니다.

대부분의 사람들은 자신이 무지하다는 사실을 잊고 삽니다. 실제는 모르면서도 모든 것을 다 아는 척 착각을 합니다. 자신의 무지를 깨닫지 못하는 사람에게 무지를 깨우치게 한다는 것은 불가능합니다. 그들은 자기 자신을 모르기 때문에 결코 자기가 모르는 것을 배울 리가 없습니다.

남에게 모르는 것을 묻는다고 해서 그것이 곧 자신의 무능을 말하는 것은 아닙니다. 그것은 당신이 배우겠다는 사람으로 인정받는 것과 같습니다.

돈에 대한 이해

돈이라는 것은 우리에게 필요합니다. 그렇다고 절대적인 것은 아닙니다. 돈은 우리에게 원하는 것을 살 수 있게 합니다. 그러나 돈으로 사지 못하는 것도 있습니다.

*음식은 돈으로 살 수 있습니다. 그러나 입맛은 돈으로 살 수 없습니다.

*얼굴은 돈으로 고칠 수 있습니다. 그러나 마음은 돈으로 고칠 수 없습니다.

*책은 돈으로 살 수 있습니다. 그러나 지혜는 돈으로 살 수 없습니다.

*약은 돈으로 살 수 있습니다. 그러나 건강은 돈으로 살 수

없습니다.

*연장은 돈으로 살 수 있습니다. 그러나 솜씨는 돈으로 살
수 없습니다.

*일꾼은 돈으로 살 수 있습니다. 그러나 성의는 돈으로 살
수 없습니다.

*금고는 돈으로 채울 수 있습니다. 그러나 마음은 돈으로
채울 수 없습니다.

*시계는 돈으로 살 수 있습니다. 그러나 시간은 돈으로 살
수 없습니다.

*지위는 돈으로 살 수 있습니다. 그러나 명예는 돈으로 살
수 없습니다.

이처럼 세상살이가 돈으로 다될 것 같아도 결코 돈은 껍데 기만을 사는 것일 뿐, 알맹이는 살 수가 없는 것입니다.

리더에게 배우세요

리더는 보통 사람과 다릅니다. 그것은 인관 관계에 있어서 남다른 경험을 했기 때문입니다. 그는 믿었던 사람들에게 실 망을 수만 번 했고, 포기하고 싶었던 일이나 절망을 통해 오 늘 이 자리에 있는 것입니다. 그럼에도 불구하고 평판은 썩 좋지 않습니다. 이것저것 시키는 것은 물론 깐깐하기 때문에 원성을 사는 경우가 허다합니다. 그렇게 원성을 사면서도 리 더 자리에 있다는 것이 신기할 따름입니다. 여기서 뭔가 리더 로서 장점이 있기 때문에 그 자리를 유지하고 있는 것이 아 닐까 생각하면 분명 배울 점이 있습니다.

훌륭한 리더란, 얼마나 상대의 장점을 인정하고 단점을 받아들일 수 있느냐 하는 것입니다. 그런데 대부분의 사람들은 상대의 단점만을 보고 장점은 보려 하지 않습니다. 그것도 자신이 실제로 보거나 확인하지 않은 단점을 사실인 양 떠들어댑니다. 이는 심리적으로 상대를 나쁘게 이야기하므로써 자신이 더 우월해질 것이라는 무의식 중의 행위일 것입니다.

당신은 남들이 리더를 어떻게 생각하던 나름대로 그의 장점을 눈여겨 보고 가능한 한 배워야 합니다.

*남들과 같은 언행으로 리더를 무시하는 것보다 인정하는 편이 훨씬 더 정신 건강에 좋습니다.

*누구나 가치관이나 인생관이 다른 것처럼 리더도 그 나름대로의 성공한 경험을 갖고 있습니다.

*리더가 아무리 볼품없다 하더라도 리더가 걸어 온 길을 살펴보면 반드시 어딘가에 배울 점이 있습니다.

리더는 나를 발전시키기 위한 최상의 샘플입니다. 따라서 그의 말과 행동을 배우면 어느새 당신도 리더가 되어 있을 것입니다.

예스맨을 경계하세요

어느 단체이든 한두 명의 예스맨이 끼어 있는데 그 타입은 다양합니다. 단체에 있어 예스맨들은 항상 마음에도 없는 칭찬을 주절주절 늘어놓거나 아부를 일삼다가 뒤로 돌아서면 험담을 하는 것이 특징입니다.

이런 예스맨을 좋아할 동료는 아무도 없습니다. 그럼에도 불구하고 달콤한 말에 마음을 빼앗겨 그를 믿고 따르는 경우가 있습니다. 더욱더 한심한 것은 그런 사람을 자기의 오른팔인 양 자랑스럽게 소개하는 경우도 있습니다.

늘 윗사람에게 자신의 의견을 떳떳이 제시해야 합니다. 예스맨을 그대로 방치해 두면 주변의 다른 사람들에게도 영향을 주기 때문에 어떤 식으로든 분란을 만듭니다.

윗사람이 그릇된 의견을 제시해도 무조건 비위를 맞추기 위해 Yes라고 한다면 그 단체는 절망뿐입니다. 그러나 No라고 한다면 그 단체는 희망이 보이는 것입니다.

군대식에서도 배울 점이 있습니다

어떤 나라든 간에 군대식은 사람 관리에 있어서 참으로 배울 점이 많습니다.

지휘관의 명령 한마디에 병사가 고지를 향해 돌진하는 것은 무엇 때문일까? 사회와 같이 돈을 많이 주는 것도 아니고 역사에 이름을 남기는 것도 아닌데 말입니다.

군대란 오직 엄격한 규율 하나로 움직입니다. 지휘관은 자신보다는 먼저 병사를 보살펴야 합니다. 병사는 잘 먹고 잘 자는가? 건강 상태는 양호한가?

사회 생활에 있어서도 마찬가지입니다. 군대의 지휘관처럼 항상 앞장 서서 모범을 보일 때, 아랫사람은 충성스런 마음으로 뒤를 따르게 됩니다. 윗사람은 아랫사람을 고압적으로 지시하거나 명령해서는 안 됩니다. 아랫사람의 주변 문제, 신변 문제까지도 배려하여 궁극적인 목표를 보다 빨리 달성할 수 있게 돕는 것입니다.

86

끈기와 결단력은 인생의 보석과도 같습니다

세상을 사는 동안 끈기와 결단력만큼 소중한 것은 없습니다. 또한 그것을 대신할 그 어떤 것도 없습니다.

재능이 아무리 많다 한들 모든 것을 이룰 수는 없습니다. 세상에서 누구나 하는 이야기는 재능을 가지고 있으면서도 성공하지 못하는 사람들의 이야기입니다.

아무리 천재라 해도 모든 문제를 다 풀 수는 없습니다.

자신을 꽃피우지 못하고 사라진 천재들은 얼마든지 있습니다.

아무리 고학력자라고 한들 빈둥거리는 경우는 얼마든지 있습니다.

그러므로 살아가는 동안 끈기와 결단력은 인생의 보석과 같은 것입니다.

끝까지 포기해서는 안 됩니다

대부분의 사람들은 시작부터 부풀어 오른 거창한 꿈에 호들갑을 떱니다. 무리한 계획 앞에서 줏대도 없이 어물거릴 뿐 딱 잘라 결단을 내리지도 못합니다. 그러니 어떤 일이든 성취할 수 없습니다. 성공은 커녕 최초의 장애물 앞에서 포기할 뿐입니다. 그러나 어떤 사람들은 자기의 마음을 잘다스려 끝내는 원하는 일을 성취합니다.

인내가 부족한 사람들은 장애물이 극복될 때까지는 일을 열정적으로 합니다. 그러나 일단 장애물이 극복되면 그것으로 만족할 뿐 끝까지 밀고 나가지 않습니다.

능력으로 보아서는 성취할 수 있지만 그럴 의지가 없는 것입니다. 그런 사람들은 자신이 무능하거나 신뢰할 수 없다는 것을 스스로 보여 주는 꼴입니다.

충분히 성공이 보장되는 일인데 왜 끝까지 하지 않는가? 실패할 일이라면 처음부터 왜 시작하는가?

성공은 반드시 끝없는 역경을 통해서만이 이룰 수 있습니다. 그러므로 모든 역경은 인생의 성공을 예약하는 것과 같습니다.

성공을 하려면 포기하지 않고 자신의 밭을 갈고 가꾸어야 합니다. 단순히 씨를 뿌리는 것만으로 되는 것은 아닙니다.

정중함도 예가 지나치면 고통이 되고, 신중함도 예가 지나치면 비겁함이 된다.

용맹에 예가 없으면 난폭해 지고, 정직함에 예가 없으면 잔혹해진다.

공자(춘추 시대의 사상가)

일에 있어서 순서를 정하는 것도 능력입니다

사실상 일이 많다고 해도 종류만 많은 것입니다. 일에 대한 순서를 정하고 그 일을 순서에 따라 진행하면 힘들지 않습니다. 문제는 시일이 오래 걸리는 일을 시작부터 싸잡고 있다는 것입니다.

유능한 사람은 쉬운 일부터 처리합니다. 또한 어떤 일이든 전후를 살펴 구분하고 그 일을 분담해서 처리합니다. 아마 이 것이 사소한 것처럼 보여도 사실상 중요한 일입니다.

예를 들어 윗사람과의 일을 사전에 전화로 확인할 일이 생겼다고 해보세요. 그것을 너무 쉽게 생각한 나머지 뒤로 미루다 깜박했습니다. 결국 그 일이 성사되기는커녕 큰 낭패를 볼 것이 뻔합니다.

이처럼 급하게 처리할 일이 무엇이고 나중에 처리할 일이 어떤 것인지를 명확하게 구분해야 됩니다. 이것 또한 능력입니다.

첫질문은 가볍게 시작하는 것이 좋습니다

상대와 이야기를 나누는 목적의 하나는 정보를 얻기 위한 것입니다. 따라서 가벼운 질문부터 하는 것이 바람직합니다.

자신은 무엇인가를 얻고자 합니다. 이때 상대는 첫만남의 호기심과 경계심으로 가득차게 됩니다. 그러므로 두 사람 사이의 첫마디는 신중할 수 뿐이 없는 것입니다.

첫만남 첫마디 말은 그 사람의 인상을 순수하게 만들기도 하고 불순하게 만들기도 합니다. 이런 상황에서 상대에게 무거운 질문을 던진다면 상대는 할 말을 찾기도 전에 그 자리를 피하고 싶어할 것입니다. 또한 안절부절 입을 열기도 쉽지 않을 것입니다.

이와 반대로 가볍게 질문을 던진다면 상대는 긴장된 마음을 풀고 차근차근 대답을 하게 될 것입니다. 그렇게 되면 결국 당신은 손쉽게 원하는 정보를 얻을 수 있게 됩니다.

창의력이 곧 능력입니다

당신에게 있어서 창의력은 늘 새로운 능력을 보여 주는 것과 같습니다. 이것이 곧 자신을 발전시키는 원동력이 됩니다. 능력이란 시간이 지나면서 사라지게 마련이고, 능력과 함께 따르던 명성도 마찬가지입니다. 따라서 옛날에 보여 준 능력이 지속적으로 반복되면 너나 나나 크게 감탄하지 않을 것입니다.

현재의 새로운 것이 오래된 명품을 폐품으로 만듭니다. 이것은 새로운 것에 대한 욕구가 작용하기 때문입니다. 그 욕구를 충족시키려면 자신감·참신성·진취성과 미래 정신이 있어야 가능합니다. 창의적인 것을 위해 분위기를 쇄신하고, 새로운 시각에서 모든 사물을 눈여겨보아야 합니다.

당신도 과거의 잘 나가는 자리를 뒤로 하고 새로운 시각에서 창의력을 발휘한다면 그 명성이 오래도록 따를 것입니다.

세상에는 평등한 것이 없습니다

세상을 사는 동안에 평등한 것을 원한다면 어떤 경우라도 매우 어리석은 짓입니다. 그런 생각들은 자기 자신과 사회 질서를 파괴하는 것과 같습니다.

사람들은 평등을 생각하지만 자기 위치의 유리함과 불리함에 의해 생각을 달리합니다.

평등은 서로의 모자람을 채우는 관계에 불과합니다. 그것은 남자가 여자가 되지 못하는 것과 같고 여자도 남자가 되지 못하는 것과 같은 이치로, 서로의 존재감이 평등인 것과 같습니다.

상대방의 시선을 집중시키세요

상대방의 주의를 끌고자 할 때에는 반드시 시선을 집중시
켜야 합니다. 왜냐하면 시간이 흐를수록 상대방의 시선이 점
점 분산되기 때문입니다.

당신이 상대의 시선을 끌려고 할 때 그 방법은 매우 간단합
니다. 그것은 주제를 상대방이 바라는 관심 분야로 돌리면 됩
니다.

여기서 꼭 알아야 할 것은 당신의 이야기에 상대방은 그리
오랫동안 시선을 주지 않는다는 것입니다. 이때 당신의 이야
기가 즐거움을 주거나, 흥미를 유발시키거나, 또는 자신의 문
제를 풀어 줄 내용의 것이라면 당신의 이야기에 반응을 보일
것입니다. 그러나 난해하고 관심이 없는 이야기에는 곧 싫증
을 느껴 딴 생각을 하게 마련입니다. 그렇게 되면 주위의 어
수선함으로 인해 이야기는 곧 중단될 수도 있습니다.

이처럼 상대의 시선을 장시간 붙잡아 두기란 어렵습니다.

그러므로 상대방과 이야기를 할 때에는 중요한 부분은 중복해서 말할 필요가 있습니다. 이 경우 내용이 지루하지 않도록 분위기를 전환하는 것이 좋습니다.

그렇다고 해도 상대방에게 어렵고 복잡한 내용을 말할 때에는 아무리 쉽게 풀어 이야기한들 한두 마디 놓치면, 그 이야기는 더 이상 소용이 없을지도 모릅니다. 상대방이 계속 듣는다고 하더라도 이야기의 흐름을 이해할 수 없기 때문입니다. 그렇다면 상대방의 시선이 산만해졌다는 것을 어떻게 알 수 있을까? 대개 시선이 산만해진 사람들에게는 몇 가지 공통된 변화가 나타납니다. 그것은 불필요한 질문으로 리듬을 끊는다든가, 이야기의 내용과 관련이 없는 질문을 한다든가, 이미 설명을 했는데도 불구하고 엉뚱한 말을 할 경우입니다.

당신은 이와 같은 변화에 대해 어떤 대처가 필요한지를 사전에 알아 두어야 합니다. 그러면 의외의 상황이 벌어진다고 해도 결코 당황함이 없이 차분하게 대처할 수 있습니다.

다람쥐 쳇바퀴 돌듯하는 것은 끈기가 아니라, 성공을 멀리하는 것입니다

똑같은 행동을 반복해서 한다는 것은 실패를 거듭하는 것이지 결코 끈기는 아닙니다. 그것은 어리석은 짓으로 시간만 낭비할 뿐입니다.

끈기는 어떤 목표를 정확하게 알고 결과를 위해 최선을 다하는 것입니다. 그러므로 올바른 끈기는 반드시 보상을 받게 마련입니다.

성공할 때까지 지속적으로 당신의 능력을 말보다는 실천으로 보여 줄 때, 그것이 바로 끈기입니다.

다양한 생각을 통해서 효과적인 전략을 끌어내고 그것을 실천하면 확률상으로 끈기있는 사람은 성공할 가능성이 높습니다. 성공을 하려면 새로운 각도에서 끈기있게 매달리는 것이 바람직합니다.

현실적으로 실패한 사람들은 이루지 못했거나 포기한 것에 대한 이야기를 줄기차게 합니다.

  과거에 어떤 일을 했었는데,

  '그것은 정말 안 된다.'

  '그것은 별 효과가 없었다.'

등등 변명만 밥먹듯이 합니다.

  그런 사람은 다시 시도할 기회조차도 잃게 되는데, 바로 그
것이 성공할 수 없는 이유입니다. 그러나 성공할 때까지 지속
적으로 노력을 한다면 결코 실패하는 일은 없습니다.

  당신 스스로가 자신을 끈기 있는 사람이라고 떠들어댈 필
요는 없습니다. 사람들이 알 수 있도록 지속적인 노력이 최선
입니다. 그렇다고 다람쥐 쳇바퀴 돌듯하는 끈기는 미련한 짓
입니다.

  진정한 끈기는 새로운 사고와 목표를 가지고 달려가는 것
입니다.

귀가 얇은 사람을 경계해야 합니다

쓸데없이 고집을 부리면 분란이 생깁니다. 그러나 이보다 더한 것은 귀가 얇어 그때그때 줏대도 없이 흔들리는 것입니다.

진중하지 못한 사람일수록 무책임하며 귀 또한 얇습니다. 주위에서 누가 뭐라고 말을 하면 즉각적으로 반응을 보입니다. 뿐만 아니라 앞뒤 가리지 않고 지껄이는 일을 밥 먹듯이 합니다. 그러다가 어느 순간 분쟁의 빌미를 제공합니다.

그들은 전혀 반성할 기미도 없거니와 아주 뻔뻔스럽습니다. 더욱이 남의 말을 잘 들어주는 진중한 사람처럼 떠벌리고 다닙니다.

귀가 얇은 사람들은 듣는 것이 먼저가 아니라 무슨 말이든 동네방네 귀를 열어놓고 수다를 떱니다. 결국 신뢰할 수 없는 사람으로 낙인찍힙니다.

사람은 기계가 아닙니다

아무리 많은 돈과, 아무리 좋은 원료와, 아무리 좋은 기계를 가지고 있다 하더라도 결국 사람이 없다면 그 어떤 목적도 달성할 수 없습니다. 사람을 통해서만이 비로소 원하는 것을 얻는 법입니다.

그러므로 지식·특성·컨디션 등을 잘 살피는 것이야말로 그 무엇보다 중요합니다. 다시 말해 사람은 기계가 아니기 때문입니다.

메모하는 습관을 기르세요

메모를 하는 것은 반드시 해야 할 일을 정확하게 처리하려는 것입니다. 만일 그것을 처리하지 못한다면 그 일이 밀리고 또 다른 일이 생기면 그 일이 밀려 결국 하고자 하는 일의 진행은 물론이고 시간 또한 그만큼 낭비입니다. 그러므로 메모를 근거로 일정표를 짜고 그것을 행동 지침으로 삼아야 어떤 일이든 차질없이 실천할 수 있는 것입니다.

가령 친구와 만나기로 했습니다. 이럴 경우 그저 막연하게 약속을 하는 경우가 적지 않습니다. 그렇게 되면 약속을 쉽게 잃어버릴 뿐만 아니라 아무리 친한 친구 사이라 할지라도 실례를 범하게 됩니다.

그 정도면 다행입니다. 정말 중요한 약속이라면 아마도 큰 낭패를 볼 것입니다.

메모를 할 때에는 막연한 것보다 구체적으로 언제 · 어디서 · 몇 시에 · 무슨 일로 만나야 하는 지를 정확하게 해 두는 것이 좋습니다.

'10월 3일 · 코엑스 몰 커피 숍 · 오후 2시 30분 · 원고료 지불 건.'

위와 같은 식으로 메모를 해 두면 효과적으로 일을 처리할 수 있습니다.

세상에는 위대한 인물의 조건을 완벽히 갖추고 태어난 사람은 없다. 위대한 인물은 주로 자신의 근면으로 인해 이루어지는 것이다. 특별하게 능력이 없는 사람일지라도 무슨 일이든 정성을 다해 노력하면 조금씩 발전하는 기쁨을 맛볼 수 있는 것이다.

이런 발전은 시계의 시침과 같아서 한 번 움직일 때마다 한 시간씩 가지만, 아주 조금씩 앞으로 나가기 때문에 눈에 띄지 않을 뿐이다.

조슈아 레이놀즈

변화를 즐기세요

대부분의 사람들은 변화를 두려워하거나 싫어합니다. 그래서 그런지 어려움을 모르고 사는 사람들은 언제나 '지금 이대로!'를 외칩니다. 이것이 결국 자기 발목을 잡는 꼴이라 더이상은 새로운 환경으로 나갈 수 없습니다.

언제나 그렇듯이 인생은 한자리에 머무는 것이 아니고 변화하는 세계로 나가는 것입니다.

이때 당신에게 누군가가 꼭 성공할 것이라는 믿음을 주면 당신은 서슴없이 한 발 더 나설 것입니다.

이처럼 당신은 남의 말에서 변화를 꾀하지 말고 당신의 적극적인 노력과 신념으로 변화를 즐겨야 합니다.

그렇게 하면 당신도 새로운 변화에 성공할 것입니다.

미래의 사태에 대비하는 것이 리더입니다

훌륭한 리더라면 현재의 일에만 정신을 팔아서는 안 됩니다. 미래에 닥쳐올 일들을 예측하고 슬기롭게 대처할 방법을 찾아야 하는 것은 물론, 예고없이 닥쳐올 이변과 가능성을 현 시점에서 파악해야 합니다. 그렇게 하려면 사전에 충분한 검토와 대비가 필요합니다.

그렇게 하지 않으면 불의의 사태로 당황하게 되고 따르는 사람들마저 우왕좌왕 정신을 못 차리게 됩니다.

줄 것만 주는 것이 가치를 높이는 것입니다

누구든 비장의 노하우는 절대로 남에게 전수하지 않습니다. 그것은 윗사람이 아랫사람에게 지식을 전수하는 과정에서 깨닫게 되는 인생 최대의 교훈입니다.

윗사람이란 항상 아랫사람보다 더 앞서가야 합니다. 그리고 더 뛰어나야만이 윗사람의 자리를 계속해서 유지할 수 있는 것입니다.

그렇기 때문에 자신이 많은 지식을 갖고 있다 하더라도 교묘한 방법으로 알려 주지 않으면 안 되고, 또한 지식을 전달할 때에는 그 지식을 몽땅 내주어서도 안 됩니다. 이것은 우물에서 마실 만큼의 물을 퍼 올리듯이 조금씩만 퍼서 나누어 주어야 하는 것과 같습니다. 그렇게 하면 지속적으로 존경을 받게 되는 것은 물론 남들이 당신을 의존하고 따르게 될 것입니다. 그것을 반드시 지켜야 한층 더 기대감을 줄 수 있습니다.

적어도 윗사람이라면 항상 앞질러 밑천이 마르지 않는 상태를 유지해야만 편안한 삶과 성공을 기대할 수 있습니다. 이것은 윗사람으로서 꼭 지켜야 할 법칙과도 같은 것입니다.

성공의 비결은 갈망하는 마음이 일정하고 변하지 않는 데에 있다. 한 가지 목표를 가지고 꾸준히 노력하면 반드시 싹이 틀 것이다.

성공에 실패하는 이유는 처음부터 끝까지 한 길로 꾸준히 나가지 않았기 때문이다.

최선은 쇠라도 뚫고 만물을 굴복시키는 것과 같은 힘이 있다.

디즈레일리(영국의 정치가)

간단 명료한 설명이 시간을 아낍니다

너무 한 가지 일만을 가지고 오랜 시간 장황하게 설명을 하면 듣는 사람들로 하여금 지루함을 느끼게 합니다.

어떤 일이든지 간단 명료한 설명이 듣기에도 좋을 뿐더러 메시지 전달에도 효과적입니다.

이때 이미 알고 있는 것을 계속해서 되풀이한다면 그런 사람은 짜증나는 사람입니다.

늘상 어떤 일에 도움이 되는 사람이 있는가 하면 거치적거리는 사람이 있습니다. 그들은 사사건건 아는 척 설명을 하는데 정말로 짜증납니다.

현명한 사람은 일하는 사람을 짜증나게 하거나 시간을 빼앗지도 않습니다. 일하는 시간을 빼앗는 것은 주변 사람들을 방해하는 것보다 더 고약한 짓입니다. 이런 짓은 주변 사람들과 바쁜 사람들로부터 좋은 평을 받기 보다는 핀잔을 듣게 마련입니다.

106

자기 자신보다 중요한 친구는 없습니다

아무리 친한 친구 사이라 할지라도 마음이 변하면 절대로 좋은 벗이 될 수 없다는 것쯤은 익히 들어서 알 것입니다.

그렇다면 과연 사람에게 있어서 가장 중요한 친구는 누구일까? 바로 당신뿐입니다. 그렇다고 해서 자기 자신을 훌륭한 친구로 착각하지는 마세요. 그렇게 되면 잘난 체 하는 사람쯤 되거나 아니면 형편없는 사람쯤 됩니다.

여기서 당신 곁에 있는 친구가 진정으로 믿을 만한 사람일지도 모릅니다. 그 친구는 당신을 좋아하고 곤경에 빠진 당신을 구해 줄지도 모릅니다. 하지만 그들이 당신의 인생을 대신 살아 주지는 못할 것입니다.

어떤 어려운 일이 닥쳐왔을 때, 그는 당신에게 중요한 조언자가 되거나 자기 일처럼 온몸을 바칠 것입니다. 그러나 그 일의 주인공은 바로 당신이며 책임도 당신의 몫입니다. 그는 당신의 기쁨과 슬픔을 같이 나눌 수는 있지만 절대로 당신만큼 느낄 수는 없습니다.

당신에게 가장 최선의 친구, 가장 최고의 친구는 자신입니다. 자신을 믿지 못한다면 당신은 허수아비에 불과한 것입니다. 그러므로 당신이 원하든 원하지 않든 자기 자신을 믿는 것만큼 중요한 친구는 없습니다.

타고난 재능을 집중적으로 개발하세요

사람은 저마다 타고난 재능이 있습니다. 그러므로 그 분야의 우수한 재능을 찾아 개발하고 발전시키는 것이 무엇보다 중요합니다. 그것을 개발하고 발전시키면 모든 분야에 걸쳐 골고루 빛을 발하게 됩니다.

어떤 사람은 남보다 재주와 능력이 뛰어납니다. 그런데도 그 타고난 재능을 갈고 닦지 않습니다. 그런 사람은 어느 분야든 자신의 뛰어난 재능을 발휘하지 못합니다. 그런 사람은 현실에 휩쓸려서 재능보다는 눈앞에 보이는 이익만을 쫓아 청춘을 불사릅니다. 항상 만족보다는 불만에 찬 생각으로 황금같은 시간을 헛되이 낭비합니다.

이런 사실을 깨달은 순간 이미 재능도 희망도 사라진 후일 것입니다.

상대가 먼저 말하도록 분위기를 조성하세요

대부분의 사람들은 자기가 생각한 것을 끊임없이 상대에게 강요하고 설득하려는 경향이 있습니다. 이런 경향은 다른 사람이야 어쨌든 자기의 이익만을 추구하는 사람들 가운데 흔히 나타나는 현상입니다.

만일 상대방이 자신의 말을 잘 듣게 하려면 우선 상대방이 하고 싶어하는 말을 다하도록 최상의 분위기를 조성해야 합니다. 이것은 자신이 하고자 하는 말을 자기만큼 잘 아는 사람도 없기 때문입니다.

말하는 사람과 생각이 다르다고 해서 말하는 도중에 말을 가로채는 것은 상대방을 불쾌하게 만듭니다. 그렇게 되면 그가 주장하고 싶어하는 말이 남아 있는 한 당신의 말에 귀를 기울이지 않을 것입니다. 그럴 때에는 넉넉한 마음으로 참을성 있게 귀를 기울여 주십시오. 그리고 진지한 태도를 유지해 주십시오.

판단력이 좋은 사람은 품위가 있습니다

판단력은 지능과 마찬가지로 배워서 늘릴 수 있습니다.

얻고자 하는 것이 많으면 그것을 얻으려는 욕구가 강해집니다. 또한 얻은 것에 대한 기쁨도 훨씬 더 커집니다. 판단력이 좋은 사람은 대부분 품위가 있습니다. 앞날에 대한 생각과 계획을 가지고 매순간 희망적으로 판단을 합니다. 높은 산이 엄숙하고도 위엄이 있듯이 높은 이상을 추구합니다. 용감한 사람이라 할지라도 몸을 낮추고, 가장 자기 주장이 강한 사람이라 할지라도 겸손합니다.

변화의 다음 단계를 준비하세요

　어느 그룹이든 항상 무엇인가 새로운 것을 만들기 위해 밤낮으로 일하는 사람들이 있습니다. 그러나 그와 반대로 다 만들어 놓은 것을 거저먹으려는 사람도 있습니다. 그런 사람이 많은 그룹일수록 부패하게 마련인데 이것이 조직의 불신으로 이어져 결국은 그 그룹 자체가 무너집니다.

　국가의 관료나 기업 등에 있어서 엘리트의 부패는 거대한 조직의 몰락을 예고하는 것과 같습니다.

　이것은 결코 남의 일이 아닙니다. 당신이 그렇게도 갈망하던 유명 그룹의 일원이 되었을 때, '나는 해냈어' 또는 '내 인생은 탄탄 대로야' 라고 만족을 했다면 스스로 당신의 가슴에 손을 얹고 반성을 해야 합니다. 그렇지 않으면 지속적인 변화의 다음 단계를 유지할 수 없습니다.

　지금 눈앞에 펼쳐지고 있는 다음 단계의 일은 대부분 불리한 일이며, 자신도 그 가담자인 경우가 허다합니다. 더군다나 주모자인 경우가 상사라면 더욱더 비난을 받기 쉽습니다. 이때 당신은 그 비난을 남의 탓으로 돌리는데, 그럴 여유가 있다면 늘 변화하는 상황의 다음 단계를 찾아보세요. 이것이 무엇보다 생산적이고 바람직한 일일 것입니다.

경쟁 사회를 살아가려면 항상 앞서서 생각하고 최선의 방법을 선택해야 합니다. 현실을 직시하고 그것을 바탕으로 미래를 준비해야 합니다.

돈이 돈을 굴립니다

돈을 많이 써보지 않은 사람들은 많은 돈을 쓰는 경영자에 대해서 언제나 부정적입니다. 그러나 경영자는 이익을 얻기 위해 쓰고 싶지 않아도 많은 돈을 써야 합니다. 또한 최악의 상황에서 이익이 나지 않더라도 인건비 정도는 나와야 합니다. 그렇지 않으면 적자를 면치 못하고 결국 빚에 의해 도산됩니다. 돈이라는 것은 그냥 가지고만 있으면 줄어듭니다. 그러므로 돈을 벌려면 투자를 해야 합니다.

현재처럼 재테크가 쉽지 않은 상황에서 이것저것 씀씀이는 커집니다.

경영자는 돈을 벌기 위해 급급하는 것 같지만 실은 돈을 쓰는 방법에 대해 연구하는 것입니다.

경영자는 융자와 투자를 통해서 이익을 얻습니다. 이런 방법을 반복하기 때문에 돈 쓰는 노하우가 생기는 것입니다.

개인의 경우 이렇다 할 신용이 없으면 대출을 받을 수 없습니다. 어렵게 대출을 받았다고 해도 이율도 높고 담보나 용도에 대해 이러쿵저러쿵 요구하는 서류가 많습니다. 그것은 대출에 있어서 큰 가치가 없기 때문입니다. 그러나 경영자는 개인과 다르게 돈을 쓰면서도 생산적이므로 훨씬 더 많은 돈을 장기적으로 그것도 저리로 빌릴 수 있습니다. 빚이 있으면서도 많은 돈을 빌릴 수가 있는 것입니다. 개인이 빌리는 돈은 소비를 위해 쓰지만 경영자가 빌리는 돈은 늘리기 위해 씁니다.

일반 사람들은 예금을 통해서 이자를 받습니다. 그러나 경영자는 은행으로부터 많은 돈을 대출받아 쓰고 그것에 대한 이자를 상환합니다. 그렇기 때문에 투자 가치가 있는 것입니다. 당신도 경영자처럼 돈 쓰는 방법과 돈의 흐름을 관심있게 살피면 머지않아 재산 증식에 큰 도움이 될 것입니다.

행동이 없는 신념은 개구리밥과 같은 것입니다

사람이 살면서 신념이 필요하다는 것쯤은 누구나 다 알고 있는 사실입니다. 그러나 행동이 뒤따르지 않는 신념은 죽은 것이나 마찬가지입니다.

신념이라는 것은 행동이라는 가시적인 움직임으로 나타나야만 비로소 그 의미가 있는 것입니다.

사람들은 물질의 세계에서 생활로 존재합니다. 생각과 신념이 없는 육체는 한낱 육체로 존재하는 짐승과 같습니다. 그러므로 우리의 생각은 생활 속의 행동으로 표현되지 않는 한 아무런 가치가 없는 것입니다. 때문에 아무리 좋은 신념이라도 행동이 없는 신념은 물위를 떠다니는 개구리밥과 같습니다.

신념은 잠재적인 에너지를 몸으로 행동하게 하는 것이 무엇보다도 중요합니다. 이것이 곧 성공으로 가는 길입니다.

자존심을 함부로 버리지 마세요

남 앞에 서기를 지나치게 꺼리거나 자존심을 함부로 버리지 마세요. 그리고 자신의 고상하고 깨끗한 인격을 행동으로 실천하며, 이어서 자존심을 지킬 때에는 자신의 자존심을 법보다도 더 엄격한 잣대로 다스리세요. 그럴 때만이 그 자존심이 빛을 발하게 되는 것입니다.

자존심을 버리는 사람은 의지가 약한 사람입니다. 그런 사람은 그 어느것도 이룰 수가 없습니다. 또한 자기 생각도 없는 사람에 불과한 것입니다.

다시 말해 자존심이 있는 사람은 어느 경우든 이익을 따라 행동하는 것이 아니라 법의 테두리 안에서 소신껏 행동을 합니다. 그러므로 자존심이 강한 사람은 언제나 인격이 훌륭하고 떳떳합니다.

일관성을 유지하세요

일관성이 없는 사람들은 그때그때 흔들립니다. 그들은 기분에 따라 또는 남에게 잘 보이려고 평소에도 하지 않던 행동을 고의로 합니다. 그러나 일관성이 있는 사람은 줏대를 가지고 행동을 합니다.

누구든 평소와 다르게 행동을 하게 되면 미움을 사고 결국에는 외면을 당하게 됩니다. 그런 사람은 손바닥을 뒤집듯 어제 인정한 것을 오늘은 거부합니다.

이렇듯 일관성이 없다는 것을 스스로 인정하는 꼴이니 어느 누구라도 그런 사람을 신뢰할 수 없습니다. 그리고 따르지도 않습니다.

현실적인 목표와 이상을 조화시키세요

　사회에 첫발을 내디딜 때에는 누구라도 자기가 제일 현명하다고 착각을 합니다. 현명하지 못한 사람일수록 더욱 그렇게 생각합니다. 그런 사람들은 흔히 허영심에 들뜬 나머지 현실적으로 가능성이 없는 거창한 결과를 꿈꿉니다. 그러나 대부분은 현실이라는 벽 앞에서 꿈을 깨죠.

　현명한 사람은 앞서 이런 현실을 예측합니다. 언제나 꿈을 꾸지만 동시에 최악의 경우를 생각합니다. 그것은 결과가 어떻게 나오든 담담하게 받아들이려는 것입니다. 꿈은 크게 꾸는 것이 좋습니다. 성공도 목표를 높게 세워 추진하는 것이 좋습니다. 그러나 사회에 첫발을 내딛자마자 실패의 악몽을 꾸지 않으려면 현실적인 목표를 갖는 것이 바람직합니다. 자신의 능력과 분수를 잘 알 때 당신은 이상과 현실을 조화시킬 수 있습니다.

가벼운 농담은 모르는 체하는 것이 상책입니다

상대방이 농담삼아 당신을 무시할 때 똑같이 무시하지 마세요. 당신이 무시를 당하는 처지에서 모르는 체하는 것은 진정 인내심을 보여 주는 것입니다.

사람들은 하나같이 자기를 중심으로 생각하기 때문에 내가 행동하는 것은 당연하고 남이 행동하는 것은 못마땅하게 여기는 경우가 보통입니다.

어떤 사람이 자신과 관련된 농담으로 분위기를 살리려 할 때, 그것을 참아 주면 당신은 이해심이 많은 사람으로 인정받을 것입니다. 그러나 당신이 맞받아 치면 순식간에 분위기는 썰렁해고 나머지 사람들은 당신을 이상한 사람쯤으로 여겨 불쾌감을 드러낼 것입니다.

이와 같은 황당함이 어디에 있겠는가, 그러나 이런 일은 흔한 일입니다. 이때 당신은 그냥 못 들은 척 참고 넘기면 됩니다. 이것은 어리석은 자의 비위를 맞추는 가장 현명하고도 확실한 방법입니다.

농담만큼이나 재치와 조심성이 절실하게 요구되는 것도 없습니다. 상대의 농담이 지나칠 정도가 아니라면 가볍게 넘기는 것 또한 현명한 처세의 한 가지입니다.

젊었을 때 나는 사람들에게 끊임없이 그들이 줄 수 있는 것 이상을 요구했다. 그것은 우정이나 영구적인 감동 같은 것이다.

이제 나는 그들이 줄 수 있는 것보다 적게 요구할 수 있다.

예를 들자면, 아무 말 없이 같이 있어 주는 것만으로 그들의 감동과 사랑을 온몸으로 느끼기 때문이다.

알베르 카뮈(프랑스 작가)

오직 프로를 꿈꾸세요

공부를 많이 한 사람들은 다방면으로 유식해서 그런지 당돌할 정도로 질문을 많이 합니다. 그러나 그런 질문들이 지식을 위한 욕심일 뿐, 행동과 실천으로 옮겨지지 않는 한 쓸모가 없는 것입니다.

지식은 자신의 체험을 통해 소화되고 그것이 피와 살이 되어야 합니다.

실천되지 않는 지식은 쓸모가 없습니다. 그런 지식은 비난을 받아 마땅합니다.

어정쩡한 지식은 써먹을 데도 없습니다. 행동으로도 옮기지 못하기 때문에 정작 성과도 없습니다. 공부를 통해 얻은 정보나 지식이 현실적으로 활용할 가치가 없다면 그것은 죽은 지식입니다. 또한 발전 가능성도 없습니다.

정작 자신이 프로로써 활용할 수 있는 단계에 있는 것인지 아닌지를 내가 아닌 상대를 통해서 검증을 받을 때 그 지식은 가치가 있는 것입니다.

경쟁 사회에서 프로답다는 평가를 받으려면 반드시 노하우 하나쯤은 있어야 합니다. 그러나 무엇이든 할 수 있다고 생각하는 사람은 무엇 하나 행동으로 옮길 수도 없습니다. 이처럼 넓게 건성건성 수박 겉핥기식으로 아는 것은 취미에 불과합니다.

예능 분야를 보십시오. 예능 분야는 뭔가 한 가지 최고가 되지 않으면 안 됩니다.

남이 아닌 나만이 할 수 있는 지식으로 최고의 꿈을 실현하는 것이 프로입니다. 프로란 활용할 수 있는 지식을 가지고 있느냐 없느냐의 잣대이며 미래를 보장받게 되는 실질적인 행위입니다.

경쟁은 정면 승부가 낫습니다

출세와 성공의 길은 다양합니다. 그렇다 해도 그 하나의 목표에 도달하려면 치열한 경쟁뿐입니다. 출세와 성공의 갈림길에 있는 젊은이라면 그 사실을 온몸으로 느낄 것입니다.

인생이란 경쟁의 연속입니다. 욕심도 경쟁심도 없다고 입버릇처럼 말하는 사람들조차도 상대가 경쟁적으로 도전을 청하면 피할 길이 없습니다. 그 도전 앞에 굴복한다면 현실적으로 힘든 삶을 살 것입니다.

무엇을 하든 철저하게 '너는 너' '나는 나'라는 식으로 산다고 해도 그것은 자신의 생각일 뿐, 그 순간에 또 다른 사람과 맞서 경쟁해야 합니다.

피할 수 없는 경쟁이라면 경쟁에 이기는 방법을 찾아내야 합니다. 그것이 사는 법입니다. 어떤 사람은 '부모를 잘못 만났다.' '경쟁이 치열하다.' 등등 매사를 환경 탓으로 돌립니다. 그러나 그것은 누워서 자기 얼굴에 침을 뱉는 꼴입니다.

아무리 환경이 나쁘다 해도 성공할 사람은 성공합니다.

인생에 있어서의 경쟁은 마라톤과 같습니다.

20대 후반에 선두를 달린다고 해서 반드시 승리하는 것은 아닙니다. 다만 출발이 좋다는 것뿐, 그런 사람일수록 고난이 닥치면 곧 페이스를 잃게 되고 결국 중도에 포기합니다.

경쟁을 극복하는 힘은 혈기가 넘치는 20대 후반에 만들어집니다. 혹 실패를 하더라도 30대 초반에 만회하면 그만입니다. 40대는 어느 정도 자리가 잡힌 상태이므로 꽤나 경쟁이 힘듭니다. 그렇다 해도 당신은 경쟁 앞에 당당해야 합니다.

현실을 극복해야 미래가 있습니다

현재의 일자리가 힘들다고 꽤나 많은 사람들이 불평을 합니다. 그러나 이것이 현실이기 때문에 적응하지 않으면 안 됩니다. 이렇게라도 노력하는 것이 보탬이 되면 되었지 마이너스는 안 됩니다.

오히려 경계해야 할 것은 그럭저럭 지내는 자리입니다. 그렇게 놀면서도 어떻게 그 많은 돈을 받을 수 있을까 할 정도의 의심스러운 자리라면 가치도 없고 희망도 없는 것입니다. 그러나 마음먹기에 따라 그런 자리가 좋은 기회일 수도 있습니다. 이런 자리는 편한 것 같으면서도 편하지 않은 것이며 좋은 자리 같으면서도 좋은 자리가 아닙니다.

그것은 비전이 없는 절망입니다. 이런 기회에 자기를 개발하면 어디라도 갈 수 있습니다.

일이 지겹다거나 즐겁다거나 하는 것은 상대적입니다. 당신과 똑같은 일을 항상 즐겁게 하는 사람도 있습니다. 그들 가운데는 아부를 잘하는 사람쯤으로 여겨지는 경우도 있습니다. 그러나 아부도 기술이며 특기입니다.

아부도 자기가 싫으면 못하는 법입니다. 그들 나름대로의 고생과 정성이 담긴 것입니다. 아부를 모르면서 아부를 비판하는 것은 잘못입니다. 당신은 그들 이상으로 마음 고생을 하고 있지는 않은가? 또한 불평 불만을 늘어놓고 있지는 않은가?

그들은 현실을 잘 이해하고 자기가 해야 할 일을 잘 알아서 실천하고 있기 때문에 생존하는 것입니다.

어떤 일이든 스스로 일을 찾아서 하면 자기 나름대로 생존하기 마련입니다.

힘든 일자리나 쉬운 일자리나 꾀를 부린다면 결코 현실은 당신을 받아 주지 않을 것입니다. 또한 그런 사람은 아부할 능력조차도 없는 사람입니다.

호감을 사는 사람이 되세요

호감을 산다는 것은 많은 사람들과 교감을 쉽게 나눌 수 있다는 것입니다. 그중에서도 윗사람의 호감을 산다면 다른 사람들은 당신을 좋게 평가할 것입니다.

개중에는 자기 실력만을 믿고 상대의 호감을 무시합니다. 그런 사람은 상대에게 비호감을 줄 뿐더러 협조를 구하지도 못합니다. 그러나 호감을 사는 사람은 다른 사람의 호감을 얻어 자기가 원하는 일을 순조롭게 진행할 수 있습니다.

호감을 사게 되면 모든 일이 순탄해지고 모든 일에 있어서 물심양면으로 도움을 받게 됩니다. 또한 인정을 받아 지혜를 제공받습니다.

호감을 산다는 것은 지리적인 여건과 문화, 관습 및 풍습, 지식과 좋은 평판 등 서로에게 있어 공감대가 형성되었다는 의미입니다. 호감을 사기란 어렵습니다. 그러나 사고 나면 오래갑니다. 그러므로 호감을 사기 위해 노력해야 합니다. 그리고 반드시 활용해야 합니다. 이때 호감은 윤활유와 같아서 당신을 더욱 빛나게 할 것입니다.

끊임없이 새로운 방법으로 도전하세요

끊임없이 새로운 방법으로 도전한다는 것이 그렇게 쉬운 일은 아닙니다.

누구든 처음 일을 시작할 때에는 희망과 의욕이 넘치겠지만 끝내는 용두사미꼴이 됩니다. 그런 사람들은 타성으로 인해 의욕을 잃고 다른 일에 기웃기웃 합니다.

이때 초지 일관 하나의 목표를 향해 새로운 방법으로 일을 하는 사람들이 있습니다. 그런 사람들은 반드시 소속되어 있는 그룹에서 그 가치를 인정받게 됩니다.

어떤 단체든 열심히 일을 하는 사람이 한 명이라도 있으면 그로 인해 열심히 일을 할 것입니다. 또한 그 자체가 다른 사람들에게도 어느 정도는 자극제가 될 것입니다. 그러나 타성에 젖어 있는 단체는 어제나 그 주변도 타성에 젖어 활력을 잃게 됩니다.

항상 새로운 방법이란 주변에 있는 것이지 그 방법을 누가 가르쳐 주는 것도 아닙니다.

예컨대 일에 있어서 능률이 오르지 않는다고 해보세요. 그럴 경우 분위기 전환을 위해 사소한 주변부터 정리 정돈을 합니다. 그런데도 능률이 오르지 않는다면 자기의 잘못된 습관을 고쳐 나가는 것이 무엇보다 중요합니다.

누구든 타성에 젖으면 지금까지 해 온 일이 맞다고 생각합니다. 이때 공부를 게을리 하지 않는 것도 틈틈이 주변 사람들과 어울려 배우는 것도 자신을 일깨우는 한 가지 방법됩니다.

살아가면서 느끼는 것이 있는데, 자신의 일에만 푹 빠지는 사람은 그다지 우수한 사람이 못됩니다. 자신의 일을 하더라도 남의 일에 관심을 가지고 그들과 어울려 일을 하는 사람이 더 우수합니다. 오직 자기 일뿐이 모르는 사람보다는 다른 사람의 일처리 방법과 언행을 통해서 좀 더 새로운 것을 찾는 것이 자신을 발전시킵니다. 또한 큰뜻을 이루게 하는 원동력이 됩니다.

남을 함부로 의심해서는 안 됩니다

경쟁적인 현실에 있어서 어떤 식으로든 남을 의심합니다. 그러나 남을 쉽게 의심하지 마세요.

예컨대 어떤 사람이 당신에게 과분한 친절을 베풀었다고 생각해 보세요. 이때 그의 진심이 믿기 어렵다 하더라도 그것을 내색할 필요는 없습니다. 그런 친절에 의심을 품는다는 것은 무례할 뿐만 아니라 목욕감을 줍니다.

당신이 그의 친절에 의심을 드러낸다면 그는 당신에게 정보를 제공하기는 커녕 당신을 의심 많은 사람으로 여겨 헛소문을 낼 것이 분명합니다.

의심이 많은 사람은 남을 믿지 않습니다. 남들도 그를 믿지 않습니다. 그것은 내가 의심을 하는 것처럼 남도 의심을 하는 것으로 믿기 때문입니다.

남에게 어떤 말을 들었을 때에는 그 말을 있는 그대로 듣기 보다는 시간을 두고 넌지시 관심을 갖는 것이 현명합니다. 그 러면 말을 한 사람은 그 말의 출처를 좀 더 구체적으로 말해 줄 수 있기 때문이 아닐까?

의심은 말뿐만 아니라 행동을 통해서도 나타납니다. 그러나 행동은 불신을 조장하게 되므로 신중해야 합니다.

132

당신의 멘토

배려하는 만큼
상대는
나를 돕습니다

상대의 실수를 공유하세요

어떤 사람이 당신의 잘못을 지적했습니다. 이럴 때 당신이라면 어떻게 처신을 하겠습니까? 아마 이럴 수도 있습니다.

'내 잘못입니다. 가끔 이런 경우가 있는데 내 잘못이라면 시정하겠습니다.'

무엇보다도 이렇게 당신의 마음을 정하는 것이 좋습니다.

당신이 잘못된 점을 상대에게 시인한다면 절대로 말썽이 생기지 않습니다. 당신과 마찬가지로 넓은 마음이 생겨서 결국에는 자신도 옳은 것만이 아니라는 것을 자연스럽게 시인할 것입니다. 동시에 공감을 표할 것입니다.

평상시 상대의 잘못을 지적하는 행위가 결코 이롭지 않다는 것쯤은 당신도 잘 알 것입니다.

당신에게 이런 지혜가 없다면 당신은 일뿐만 아니라 인생 전반에 걸쳐서 곤란을 겪게 됩니다.

관용은 성공을 빛나게 합니다

관용을 포함하지 않은 성공이란 있을 수 없습니다. 그 사람이 정말로 성공한 사람이냐 하는 것은 지속적인 관용을 얼마나 보이느냐 하는 것입니다.

많은 돈을 벌었다고 성공한 것은 아닙니다. 눈에 보이는 성취도 중요하겠지만 마음속 깊이 관용이 있어야 합니다. 다시 말해 관용이 없는 성공은 진정한 성공이 아니기 때문입니다.

성공한 사람들의 공통점은 대부분 상대에게 관용을 베풉니다. 관용이 없는 성공은 이웃과 사회로부터 지탄을 받습니다. 그리고 결국에는 자신의 명예에 오점을 남길 뿐입니다.

솔선수범하는 사람이 되세요

사람들이 살아가는 동안 가장 실수하기 쉬운 일은 어떤 것일까?

그것은 내가 돕지 않아도 누군가가 도울 거라고 생각하는 것입니다. 그와 같은 생각은 아주 이기적인 생각이며 냉혈적인 생각입니다. 이런 생각은 사회의 악입니다. 그런 사람들이 많은 사회는 제대로 돌아가지 않습니다.

행복한 가족 관계, 나은 사회 발전, 잘 나가는 국가를 누구든 희망합니다. 이 희망을 이루기 위해서는 서로가 서로를 도와야 합니다.

그러나 생각뿐이라면 무슨 의미가 있겠습니까? 아무리 좋은 일을 계획했다 한들 무슨 의미가 있겠습니까? 내 스스로 실천하지 않고 남에게 호소한들 무슨 의미가 있겠습니까?

그런 사람치고 내가 아닌 남의 일에 대해서는 매우 민감합니다.

자기 친구라든가, 혹은 자기 동료라든가, 이해 관계가 있는 사람들에게는 아주 엄격한 잣대를 드리댑니다. 그러나 그 잣대를 정작 자신에게는 드리대지 않습니다.

 그런 사람일수록 돕는 일은 내가 하는 것이 아니라 남이 하는 것쯤으로 굳게 믿고 싶어합니다.

겸손은 어둠을 밝히는 등불입니다

겸손한 사람은 대부분이 꾸밈이 없습니다. 그는 주변 사람들이나 경쟁 관계에 있는 사람들을 비웃지도 않습니다. 또한 잘난 척을 하거나 자기의 힘을 과시하지도 않습니다. 그는 정성을 다해 주변 사람들에게 모범을 보입니다. 그는 입가에 미소를 띠며 언제나 고맙다는 말을 전합니다.

겸손한 사람은 자신을 드러내지 않습니다. 겸손한 사람이 명성을 얻게 되면 시기하는 사람들이 많아집니다. 그렇다고 해도 그는 그들을 용서하고 더 신중하게 대처합니다.

겸손한 사람은 자기의 것을 베풀려고 합니다. 무엇인가 물어 오면 성의를 다해 알려 주려 합니다. 남을 칭찬하고 배려하므로써 자신의 존재를 나타냅니다. 또한 자신은 평범한 사람으로 그들에게 다가서려 합니다. 겸손한 사람은 진실함과 배려가 습관처럼 몸에 배어 있습니다. 그러므로 겸손한 사람은 어둠을 비추는 등불과도 같은 것입니다.

일방적인 수다는 상대를 피곤하게 합니다

우선 말을 유창하게 잘한다는 것은 좋습니다. 그러나 수다를 떠는 것은 좋지 않습니다.

만일 오랜 시간 혼자서 수다를 떨다 보면 듣고 있는 사람은 짜증이 나게 마련입니다. 그러니 가능한 한 짧게 하는 것이 바람직합니다.

본래 대화라고 하는 것은 혼자만 하는 것이 아닙니다. 더군다나 각각 자기의 몫이 있을 경우 그것만 하면 됩니다. 그런데 그런 사람은 안타깝게도 그 자리에 있는 누군가를 붙잡습니다. 그리고 속삭이듯 끝없이 말을 이어 갑니다. 행여 수다쟁이에게 붙잡혔을 경우, 그것을 참을 수밖에 없는 상대라면 어쩔 도리가 없습니다. 주의를 기울이는 듯 끝까지 참아야 합니다. 말하는 도중에 등을 돌리거나 아주 짜증스런 표정을 짓는다면 오히려 당신을 예의 없는 사람쯤으로 여길 것입니다.

상대방을 배려한 대화

사람이 대화를 하려면 어느 정도는 요령이 필요합니다. 더군다나 상대방에게 귀를 기울이게 한다는 것은 더더욱 그렇습니다. 그것은 친한 사람과의 대화와는 약간 다릅니다. 일상적인 대화에 있어서 딱히 요령은 없습니다. 상대에 따라 분위기도 천차만별이기 때문에 일상적인 대화에서의 틀이란 없습니다. 당신이 열심히 이야기를 하고 상대가 진지하게 경청하면 그것으로 이야기는 통할 것입니다.

세상에는 언변이 좋은 사람과 그렇지 못한 사람으로 구분됩니다. 언변이 좋은 사람은 대부분 여러모로 이득을 봅니다. 그러나 그것도 어디까지나 정도의 문제이지 꼭 그런 것만은 아닙니다. 오히려 언변이 너무 좋으면 신뢰성이 떨어집니다.

먼저 상대방과 대화를 할 때에는 대화의 수준을 맞춰야 합니다. 그렇지 않으면 배려가 부족한 것입니다. 이런 상태에서는 자신의 생각을 제대로 말할 수가 없습니다. 대화라는 것은 어디까지나 대등한 입장에서 출발해야 합니다. 그 기본조차 모르게 되면 그것은 일방적인 설교에 불과한 것입니다.

대화 중에 당신의 시선이 엉뚱한 곳을 향하면 상대는 자기의 말을 경청하지 않았다는 생각에 불안감과 불쾌감을 떨치지 못할 것입니다. 그렇게 되면 상대는 속내를 드러내지 않을 뿐더러 진정한 대화는 고사하고 기본적인 인간 관계마저도 무너질 것입니다. 그러므로 대화를 할 때에는 얼굴을 중심으로 보는 것이 예의입니다. 또한 부드러운 미소와 상냥한 표정은 기본입니다.

남녀란 부족함을 함께 채우는 1:1 관계입니다

남녀는 서로의 모자람을 보완하는 관계이지 평등한 관계는 아닙니다.

오늘날 우리 가정은 남녀 평등에 있어 많은 갈등을 초래하고 있습니다. 이것은 맡은 바 책임을 서로가 떠넘기기 때문입니다.

남자가 경제 활동을 하거나 아니면 여자가 경제 활동을 할 경우, 두 사람 중 한 사람이 가사 활동을 하는 것이 당연합니다. 그런데도 남성이나 여성이나 가사 활동을 서로 미룹니다.

대부분의 여성들은 전업 주부임에도 불구하고 가사 활동은 여자의 전유물인가라는 비판을 하는데 이것은 여성들이 상호간의 직분을 모르는 까닭입니다. 그렇다고 남자라는 이유만으로 가사 활동을 여성의 것으로 미루면 이 또한 불행의 시작입니다.

가정적인 측면에서 보면 분명 남녀 중 한 사람은 경제 활동을 하고 한 사람은 가사 활동을 해야 합니다. 이것도 저것도 불만이라면 양쪽 모두 경제 활동과 가사 분담을 똑같이 해야 합니다.

　남녀간의 일이란 누구의 일이 아니라 서로의 일로, 함께 노력하는 평등이 되어야만 행복을 유지할 수 있습니다.

　자신을 낮춘다는 것은 자신의 의사를 굽히는 것이다. 또한 상대의 인격과 의사를 존중하는 태도이다. 이와 같은 사람은 능히 높은 지위에서 많은 부하들을 거느릴 수 있다.

　그러나 이와 반대로 무조건 상대의 인격이나 의사를 무시하므로써 쾌감을 느끼는 사람은 언제고 강적을 만날 뿐만 아니라, 이런 태도로는 결코 성공하지 못한다.

　결국 남에게 겸손하면서도 사양할 줄 아는 사람만이 인생에서 승리한다.

명심보감

하나를 버려야 둘을 얻을 수 있습니다

사람들은 하나를 얻기 위해 둘을 버리는데도 별생각이 없습니다.

사람이 원숭이와 다른 점은 조삼모사(장자의 우화로, 원숭이를 기르는 사람이 원숭이에게 상수리를 주되 아침에 세 개 저녁에 네 개씩을 주겠다고 하니 원숭이들이 화를 내므로, 말을 바꾸어 아침에 네 개 저녁에 세 개를 준다고 하니 좋아하더라는 이야기에서 유래.)의 맹점을 직관한다는 점입니다.

조삼모사란 당장 눈앞에 보이는 차이만 알고 결국 결과가 같은 것을 모르는 비유의 말입니다. 그럼에도 불구하고 본래의 기득권을 지키기 위해 두 개를 버리고 어떤 하나에 매달린다면 돈뿐만이 아니라 그 이상을 잃게 됩니다. 이와 같은 현상은 생각이 단순하고 미련하기 때문입니다. 요즘처럼 급변하는 사회 환경에 적응하려면 하나를 주고 둘을 얻는 지혜가 필요합니다.

여기서 하나를 버리는 것은 씨앗을 뿌리는 것이고, 둘을 얻는 것은 수확을 하는 것과 같은 이치입니다.

불평은 상대에게 모욕이 될 뿐입니다

불평은 자신에 대한 신뢰를 무너뜨리는 것이므로 절대 해서는 안 됩니다.

불평을 듣는 사람 역시 불평을 하는 사람 편에 서는 것이 아니라 불평의 대상이 된 사람 편에 서서 행동할지도 모릅니다. 그러므로 불평을 토로하면 그들에게 모욕당할 빌미를 제공하는 것과 같습니다.

불평은 불평을 낳는 법입니다.

한 가지 불평은 듣는 사람만큼의 수가 기하 급수적으로 늘어 결국은 사방에 적을 두는 꼴이 됩니다. 이런 경우 남들의 충고나 도움을 받기는 커녕 오히려 무관심이나 경멸만 있을 뿐입니다.

차라리 한 사람이 베푼 호의에 대해 답례의 표시로 그 사람의 칭찬을 아낌없이 다른 사람에게 전해 주는 편이 낫습니다. 그러면 그 사람은 그것을 본받아 여러 사람에게 전하게 됩니다. 결국 그 칭찬은 나의 고마움으로 돌아오게 되고 자신은 한층 더 현명한 사람이 될 것이 분명합니다.

현명한 사람은 자신의 불평을 다른 사람에게 말하지 않습니다. 또한 남의 단점도 말하지 않습니다. 오히려 지속적인 관계를 유지하기 위해 불평보다는 좋은 점들만 알려 입을 다물게 합니다.

격한 감정은 피해 가는 것이 좋습니다

사람은 누구나 순간적으로 감정이 폭발할 수 있습니다. 그때 거들거나 말리기 보다는 내버려두는 것이 최선입니다. 또한 그 주변을 벗어나 감정이 식기를 기다리는 것도 지혜로운 방법 중의 하나 입니다.

그런 경우는 그 상황에 맡기는 것이 좋습니다. 지금 당장은 불편하겠지만 그것이 나중에는 편합니다.

웅덩이에 고인 물은 조금만 휘저어도 흙탕물이 됩니다. 그러나 그것에 손을 댄다고 해서 맑아지는 것은 아닙니다. 그냥 내버려두면 저절로 맑아집니다.

그러니 감정이 격화될 때에는 거드는 것보다 가라앉을 때까지 내버려두는 것이 현명합니다.

지나치게 주는 것은 부담이 됩니다

상대에게 무엇인가를 줄 때에는 갚을 수 있는 능력의 범위 안에서 주는 것이 서로를 편하게 하는 것입니다. 그렇기 때문에 그 이상 주는 것은 절제해야 합니다. 지나칠 정도로 많이 주게 되면 상대에게 도움을 주는 것이 아니라 부담을 안겨 주는 것과 같습니다.

이처럼 지나치게 주는 것은 상대에게 큰 짐이 되어 결국에는 친분 관계마저 잃게 됩니다. 그리고 당신에게 은혜를 완전히 갚을 수 없기 때문에 그는 영원한 채무자로 남기 보다는 차라리 멀리 떠나거나 당신을 피하게 됩니다.

진정 준다는 말은 상대에게 별로 주지 않았는데도 매우 고맙게 느끼는 것입니다. 또한 한층 더 보답하고 싶어하는 마음을 갖게 하는 것입니다.

윗사람을 존경해야 합니다

윗사람을 존경하세요. 성공하지 못한 사람들의 대부분은 윗사람을 존경하지 않습니다. 윗사람에게도 분명 인간적인 결함이나 결점도 있을 것입니다. 그러나 그렇지 않은 면도 있습니다. 윗사람이라는 것은 그 사람을 유능한 사람으로 인정한 또 다른 사람이 있다는 것입니다.

매사에 윗사람을 무능한 사람으로 찍어 무조건 당신이 무시한다면, 그 단체 그 조직 내에서는 결코 성공할 수 없습니다. 역시 나보다 유능한 점이 많다고 생각이 들면 당신의 성공은 더욱더 기대하기 어렵습니다.

나보다 못한 사람이 위에 있다고 생각한다면 당신의 불만은 커질 것입니다. 그것을 눈치챈 윗사람은 결코 당신을 좋게 볼 리가 없습니다. 또한 만날 때마다 짜증을 내는 일이 많아질 것입니다. 이처럼 서로가 불편한 관계에서 어떻게 성공할 수 있겠습니까?

당신이 보기에 별 볼일이 없다고 생각해도 지금까지 당신 이상의 실적을 쌓은 결과 그 위치에 있다는 사실을 간과해서는 안 됩니다. 그 실적과 유능함을 인정하고 그것에 대한 존경심을 가져야 합니다.

일단 윗사람은 어떤 경우든 나의 스승으로 삼고, 내게 부족한 점이 있다면 성실히 배우는 자세가 필요합니다. 사람의 속성은 비록 낮은 자리에 있어도 높은 자리에 있는 사람을 본능적으로 비판하려 합니다. 이는 아랫사람인 당신이 윗사람을 비판하는 것과 마찬가지입니다. 그러나 이것만은 꼭 명심해야 합니다. 윗사람은 당신을 비판하는 것이 아니라 심판하는 것입니다.

당신은 앞으로 단체를 이끌 위대한 사람일지도 모릅니다. 또한 당신의 윗사람은 지금 그 자리가 마지막 자리일지도 모릅니다. 그러므로 당신의 윗사람이 당신의 결점을 끄집어낸다 한들 결코 잘못된 것은 아닙니다. 당신의 결점을 끄집어내는 것쯤은 식은죽 먹기 입니다.

그렇다고 그것을 기분 나쁘게 생각하기 보다는 고쳐야 할 점이 무엇인가를 차분히 생각해 봐야 합니다.

남의 업적을 가로채는 것은 비열한 짓입니다

 동료들 중에는 자신을 속이면서까지 남의 업적을 가로채려합니다. 업적에 따라 이리 붙다 저리 붙다 하는 이들은 줏대도 없는 행동으로 결국 동료들의 웃음거리가 됩니다.

 명예를 쫓는 이들은 교활한 여우와 같이 자기의 노력보다는 부스러기를 찾아 주변을 기웃거립니다. 그러나 당신은 오르지 일 자체의 성공에 대해서만 만족하고, 업적을 자랑하는 행동은 동료에게 맡기는 것이 현명합니다.

 당신의 업적을 주위로 돌리면 그 업적은 분명 자신에게 돌아옵니다. 이때 돌아온 것을 다시 동료에게 돌리지 말고 겸손하게 받아들이면 됩니다.

남의 가치를 인정해 주세요

사람이 동물과 다른 점은 남에게서 무엇인가를 배운다는 사실입니다. 다른 사람의 장점을 배우고 단점을 개선하려는 마음 자세가 자신에게는 나름대로의 유용한 지식이 됩니다.

지혜로운 사람은 모든 사람의 가치를 긍정적으로 바라보고 인정합니다. 또한 각 개인이 지니고 있는 장점을 배울 수 있으므로 그 장점의 가치를 소중하게 생각합니다. 그러나 어리석은 사람은 다른 사람의 가치를 인정하기는커녕 무시하는 일에 시간을 허비하고 그것에 만족을 느낍니다.

잘난 척하는 것은 천박한 짓입니다

종종 사람들은 자신이 잘난 것처럼 착각을 하는데 이것이 때로는 도움이 될 때가 있습니다.

그러나 정작 잘난 사람이 잘난 척을 하는 것은 천박함의 극치로 남들에게 따돌림을 당합니다.

결국 이것이 자기의 고민거리로 다가와 자기를 의식하게 되고 자신을 힘들게 합니다.

그러므로 자신이 잘나면 잘난 만큼 자신을 자연스럽게 보여 주는 것이 바람직합니다.

서로가 서로를 신뢰하는 경청

　대화는 사람과 사람을 이어주는 매우 중요한 매체입니다. 대화는 반드시 말하는 사람과 경청하는 사람이 있어야 성립됩니다. 이때 말하는 사람보다도 경청하는 쪽이 더 중요합니다. 그런데 대부분의 사람들은 경청을 소홀히 합니다. 항상 정신이 없을 정도로 바쁘게 살다 보니 남의 말을 경청하고 요모조모 따져 생각할 마음의 여유조차도 없습니다. 또한 이기적인 마음이 조급증으로 다가와 경청한다는 자체가 귀찮은 것입니다. 대화의 첫머리에 '그게 아니고' '아닙니다.' '틀렸습니다.'라는 식의 부정적인 말로 상대를 황당하게 합니다.

　사회 생활이 바쁜 것은 사실입니다.

　그렇다고 해도 지혜롭고 현명한 사람들은 대부분 경청을 잘합니다. 그런 사람의 주변에는 많은 사람들이 찾아옵니다.

한 번 뱉은 말은 주어 담을 수가 없습니다

적대 관계에 있는 사람과는 항상 말조심을 통해 분란을 막는 것이 최선책입니다. 동료들과 자유 분방하게 말을 하고 있을 때에도 너무 많은 말을 하는 것보다는 체면상 분위기만 맞추면 됩니다.

누구든 말할 기회가 있습니다. 그러나 말은 활시위를 떠난 화살처럼 한 번 뱉으면 주어 담을 수 없습니다. 아무리 사과를 하고 반성을 한다고 한들, 한 번 뱉은 말은 고스란이 상대에게 상처를 줍니다. 그것도 못자라 주변 사람들에게 혼란과 불신을 안겨 줍니다.

항시 말은 보석을 다루듯이 해야 합니다. 어떤 사소한 말도 청중 앞에서 말을 하는 것과 같이 꼭 필요한 말만을 골라 해야 합니다.

155

거절은 사려 깊게 하는 것이 좋습니다

어떤 상황이든 요구하는 것들을 전부 들어주면 안 됩니다. 이렇듯 거절도 수락을 하는 것만큼이나 중요합니다. 특히 공직자에게는 거절이나 수락은 똑같이 중요한 것입니다.

사람의 마음을 움직이는 것은 거절하는 방법에 따라 다릅니다. 거절을 어떻게 하느냐에 따라 수락보다도 더 큰 호감을 갖게 됩니다. 그러므로 지혜롭게 양해를 구하는 거절이 백 번성의 없게 수락을 하는 것보다 낫습니다.

어떤 사람은 늘 입만 열면 거절을 밥 먹듯이 해서 반감을 삽니다. 그런 사람은 만나 보기도 전에 일단 거절부터 합니다. 이때 상대는 처음부터 거절을 당했으므로 불쾌감을 떨칠 수 없는 것입니다. 행여 수락을 했다 하더라도 상대는 별로 고마움을 느끼지 못합니다.

거절할 때에는 딱 잘라서 거절할 필요가 없습니다. 지금 당장보다는 시간을 두고 상대방이 거절에 대한 불가피함을 느끼게 하는 것입니다.

　절대로 안 된다는 식의 거절은 경계해야 합니다. 누구든 상대의 요구를 수락하거나 거절할 때에는 사려 깊게 하는 것이 바람직합니다.

설득의 미학

설득을 하려는 것은 둘의 관계에 있어서 불균형 상태를 의미합니다.

상대가 부정적인 입장에서 협상을 거부하는 상황이라면 반드시 상대를 이해하지 않고서는 설득이 불가능합니다.

설득이란 강요를 하거나, 협박을 하거나, 회유를 하는 것이 아닙니다.

스스로 납득할 수 있도록 만드는 것입니다. 그러므로 상대의 현재 놓여 있는 상황과 심리적인 상태를 고려하는 것이 좋습니다.

항상 설득을 하기에 앞서 명심해야 할 것은 상대는 내가 아니라는 것입니다.

인내는 평화를 부릅니다

아는 것이 많아지면 어리석음을 깔봅니다. 그것은 인내심이 그만큼 줄었기 때문입니다.

아는 것이 많은 사람은 어리석은 사람을 무시하려는 마음이 생겨 당장이라도 잘난 척하고 싶어합니다. 그래서 그런 사람은 언제나 참을성이 적어집니다.

사람이 살아가는 동안 서로의 이해를 통해 양보를 하고, 분쟁이 발생했을 경우에는 한 발짝씩 뒤로 물러서야 합니다.

이때 인내는 분란을 막고 평화를 부르기 때문에 그 무엇보다 고귀하고, 아름답고, 행복한 것입니다.

상대방의 취향에 관심을 가지세요

사람들이란 아무리 비싼 선물을 하더라도 자기가 싫어하는 것을 받게 되면 아마 감동이 덜할 것입니다. 이것은 서로 다른 취향을 고려하지 않은 것으로 오히려 즐거움을 주기 보다는 부담을 주는 꼴이 됩니다. 이런 행위가 자칫 잘못하면 아부가 되기도 하고 눈치없는 짓이 되기도 합니다. 또한 감동을 주기 보다는 오히려 그에게 모욕이 될 수도 있습니다. 결국 남을 기쁘게 해 주는 방법을 모르기 때문에 선물을 하고서도 고맙다는 말조차 듣지 못합니다.

누구든 적은 돈을 써서 상대를 기쁘게 할 수 있습니다. 그러나 그보다 훨씬 더 많은 돈을 쓰고도 상대를 부담스럽게 하는 사람들이 있습니다. 그런 사람들은 상대의 취향을 모르기 때문에 기쁘게 해 주는 방법도 모릅니다. 이렇듯 남의 취향도 모르면서 감동을 주려는 것은 자기 자신의 만족일 뿐 정작 상대는 혼란스럽습니다.

160

사람과 사람을 연결시켜 주면 인맥이 생깁니다

잘 어울리고, 잘 연결시켜 주는 능력은 사회 생활에 있어서 매우 중요한 것입니다.

그런 사람은 인맥을 통해 뭔가 큰 것을 만들 수 있습니다.

대부분의 사람들은 자랑하듯이

'다 내 친구야!'

'나 정도면 모르는 사람이 어디 있어!'

등등 대단한 관계도 아니면서 실세나 고위층을 잘 아는 것처럼 떠벌립니다.

이때 안면이 있는 정도라면 아무런 의미가 없습니다.

즉 전화 한 통화로 일에 대한 협력을 끌어낼 수 있을 정도가 되어야 진정한 인맥이라 할 수 있습니다.

용서의 문을 열면 마음이 편해집니다

사람을 대할 때에는 내가 아니라는 생각을 해야 합니다. 사람이라는 것은 제각각 다르므로 내 맘과 같다고 생각한다면 자신에게도 큰 상처를 줄 수 있습니다. 또한 상대에게도 큰 상처를 줄 것입니다.

항상 내 맘과 같다고 착각을 하면 상대를 이해하기는 커녕 상대를 미워하게 됩니다. 그러나 상대의 입장에서 나를 이해하면 마음이 너그러워집니다.

요즘의 세태를 보면 조금이라도 자신에게 불리하거나 손해가 있을 성싶으면 믿음을 헌신짝 버리듯합니다. 더나가 적으로 돌변하여 나를 해치는 일에 몰두합니다. 그러므로 마음의 상처를 덜 받으려면 먼저 조심하는 것이 상책이고, 또한 상대에게 화해의 문을 열어 두는 것이 좋습니다. 그 문은 너그럽게 받아들이거나 용서하는 문일수록 마음이 편해집니다.

162

사교나 단체 모임에 관심을 가지세요

　살다 보면 수많은 사람들과 어울릴 수 있는 모임이나 단체
가 있습니다.

　사교라는 것은 단순히 놀이로 끝나는 것이 아닙니다. 사람
과 사람이 만나서 친분을 쌓고 정보를 교환하는 것입니다. 이
런 자리야말로 자신의 꿈을 펼칠 수 있는 기회와 사회적으로
관련 지을 수 있는 부분입니다.

　사교 모임이나 단체는 다양한 사람들이 활동을 하고 있기
때문에 당신의 재능과 끼를 마음껏 발산할 수 있는 절호의
기회이고, 그런 기회를 통해 좋은 친구, 좋은 리더를 만날 수
있습니다. 또한 우물 안 개구리식 자기 자신을 탈피할 수도
있습니다.

사소한 감정이라도 잘 다스려야 합니다

사소한 정도의 일이 시시때때로 감정을 상하게 할 때 우리는 그것을 어떻게 다스려야 할까?

누구나 큰 불행 앞에서는 극도로 절제된 감정을 통해 몸부림칩니다. 그리고 체념해 버릴 수 뿐이 없다는 사실을 잘 압니다.

그럼에도 불구하고 사람들은 사소한 일로 이웃간에 울근불근 감정을 섞어 공격합니다.

감정이란 성냥개비와 같아서 그것을 켤 때에는 작은 불씨겠지만 그것을 잘못 다스리면 큰불이 되는 것과 다를 바가 없습니다.

그러니 항상 조심해서 다스리지 않으면 안 됩니다.

자기 반성은 판단력을 기르는 첫걸음입니다

  대다수의 사람들이 찬성을 한다고 해서 그것이 무조건 옳은 것은 아닙니다. 그저 그것을 자기 주장도 없이 따른다면 줏대가 없는 사람으로 판단력이 없다 할 것입니다.

  어떤 사람은 기분이 죽 끓듯하여 자기가 원하는 바를 따르지도 못하고 우왕좌왕 갈피를 못잡습니다. 끝내는 죽 쑤어 개 바라지하는 꼴이 됩니다. 결국 허드렛일로 남만 따라다니다가 욕만 먹습니다. 그런 성향은 의지를 약화시킬 뿐만 아니라 판단력 마저 모두 잃게 합니다.

  판단력의 첫걸음은 현재 처해 있는 자신의 위치와 분위기를 아는 것입니다. 그것을 안다는 것은 선천적으로 타고난 성품과 후천적인 능력을 잘 조화시킬 목적으로 자기와 다른 성향까지도 탐구해 보는 계기가 됩니다. 그러면 자신에 대한 판단력이 생깁니다.

도덕성이 없는 출세는 모래성과 같습니다

도덕성이 결여된 출세는 부패하기 마련입니다. 부패한 사람은 정직한 사람을 못마땅하게 여깁니다.

부도덕한 사람이 시험을 통해 출세하는 경우가 있는데, 사회적으로 도덕성이 높다고 하더라도 반드시 사생활이 도덕적인 것은 아닙니다. 때문에 도덕을 바탕으로 생활을 하지 않는 한 불행하게 됩니다.

남에게 보여 주려고 하는 겉치레 도덕은 많은 속임수를 만들어 내게 되고 결국에는 사기꾼이 됩니다. 또한 자기 자신조차도 믿지 못하게 됩니다. 그들이 진실을 외면하는 것은 도덕보다 부패의 대가가 크고 달콤하기 때문입니다.

도덕이 결여된 사람은 참된 삶보다 남을 속여 출세하는 일에 익숙합니다. 이와 같이 도덕을 무시한 출세는 순간적으로 행복하겠지만 모래성에 불과합니다.

166

더불어 산다는 것은 신의 축복입니다

매사에 고마움을 느끼고 사는 삶이 더불어 사는 삶입니다.

혼자서 배부르고 등 따스면 그만이라는 생각은 더불어 사는 삶이 아니라 이기적인 삶으로 모두에게 불편함을 줍니다.

남을 위해 봉사하고 남을 위해 무엇인가 일을 했다면 그날 하루도 단잠을 이루게 될 것입니다. 그러나 나를 위해 하루를 받친 사람이라면 편치 못할 것입니다.

남과 함께 더불어 산다는 것은 하루를 두 번 사는 것인데 이런 삶은 신의 선물로 모두를 축복받게 하나, 대부분 사람들은 그런 사실을 모르고 살기 때문에 더불어 살지 못하는 것입니다.

우리는 지나칠 정도로 자신의 생각에 집착해서는 안 된다. 낡은 생각을 버리고 새로운 의견을 수용할 수 있는 자세가 필요하다. 또한 편견을 버리고 자유로운 사고로 판단해야 한다.

바람의 방향을 모르고 항상 같은 방식으로 돛을 고정시키는 뱃사공이라면, 세월이 흘러도 그가 목적하는 항구에 도착하지 못할 것이다.

조지 헨리(미국의 경제학자/사회개혁론자)

당신의 멘토

세련된 행동도 기술입니다

당신이 아니면 할 수 없는 뭔가를 만드세요

애매하게 실력을 키워서는 안 됩니다.

무엇을 하고 싶은지,

그것을 어떻게 하고 싶은지,

어떻게 할 수 있는지,

자문해 보세요.

여기서 중요한 것은 어떻게 할 수 있는지만이 결과에 반영됩니다. 다음으로 똑같은 일을 남이 어떻게 해낼 것인지 생각해 보세요. 다른 사람들도 할 수 있고, 다른 사람들도 하고 싶어 하는 일이라면 별로 가치가 없는 것입니다.

당신의 일도 아르바이트와 같이 누구나 할 수 있는 것이라면 지금 받고 있는 대우가 적정합니다. 이것을 아무리 부당하다고 우긴들 현실은 냉혹합니다. 현실적으로 당연합니다. 이때 당신이 아니면 할 수 없는 뭔가가 당신의 능력임을 알아야 합니다. 그리고 그것을 만들도록 노력해야 합니다.

아이디어는 꼭 필요한 때만 보여 주세요

당신의 아이디어를 누구에게나 보여 줄 필요는 없습니다.
필요 이상으로 아이디어를 보여 준다는 것은 상대의 수준에
따라서는 잘난 체한다는 인상을 줄 수도 있기 때문입니다.

옛말에 구슬이 서 말이라도 꿰어야 보배란 말이 있듯이 아
이디어란 원석과 같아서 그것을 갈고 닦지 않으면 값진 보석
이 될 수 없습니다.

대부분의 사람들은 그것을 갈고 닦지 않습니다. 그냥 흘려
버리기 때문에 곧 사라집니다.

아이디어는 그때그때 메모하고 적절한 시기에 보여 주면
됩니다.

아이디어는 가치가 있는 곳에서 적당한 만큼 꺼내어 보여
주는 것이 효과적입니다.

그렇지 않으면 내일은 보여 줄 게 없습니다.

일은 친분 관계를 맺게 해주는 보물 창고 입니다

일은 친분 관계를 맺게 해주는 보물 창고입니다. 서로 같은 사람끼리 모여 같은 목표를 향해 노력하고 있기 때문에 친분 관계는 자연스레 맺어집니다. 또한 일은 적든 많든 친분을 쌓기에 좋은 기회가 됩니다.

그런데 똑같은 환경에 놓여 있어도 친분 관계를 맺는 사람과 그렇지 못한 사람이 있습니다. 이것은 일의 성격이나 능력의 차이가 아니라 대인 관계에 있어서 가치관의 차이입니다.

약간 이기적이긴 하지만, 일이란? 사람을 만나는 수단이라고 생각합니다. 많은 사람들과 친분 관계를 맺는 것이야 말로 최대의 재산입니다. 일은 그 다음에 생겨나는 것입니다.

진정 당신에게 하고 싶은 말은 사람과 사람 사이는 적극적이어야 합니다. 적극적인 성격이 아니라면 반드시 개선해야 합니다. 그것은 남과 잘 지내는 능력이기 때문에 어떤 일에 있어서나 기본이 됩니다.

자기 개발의 동기

　일이란 무엇인가에 대해 질문을 한다면 한마디로 딱히 잘라 정의하기가 어렵습니다. 그렇다고 해도 일은 분명 기쁘게 해야 합니다. 그러나 그렇지 못한 경우가 허다합니다.

　일이 있다는 것은 언제나 똑같은 일을 한다는 의미입니다. 워낙 많이 해서 눈을 감고도 할 수 있고, 힘들게 노력하지 않아도 할 수 있습니다.

　일반적으로 남녀가 하는 일은 직장을 통해서 이루어집니다. 세상이 아무리 변했다고 해도 직장을 벗어나기란 그리 쉽지 않습니다.

　대부분 여자가 결혼을 하게 되면 그 순간 직장을 그만둡니다. 그러나 남자가 결혼을 하게 되면 그때부터 직장에 매달립니다.

　사람들은 거의 자기가 직업으로 삼는 일만을 할 줄 압니다.

　요컨대 직장은

바쁘게 뛰고,

보고하고,

결제를 맡는다.

그리고 경쟁에 온몸을 던진다.

그렇게 정신없이 매달려 살다 보면 결국 남는 것은 직장을 잃는 것뿐입니다.

능력이 충분히 있는데도 오직 한 가지 일에만 매달리면 두 가지 일을 동시에 할 수 없습니다. 남도 도울 수 없고 기쁨도 여유도 없는 삶을 삽니다.

일반적으로 사람들은 직장이라는 족쇄 때문에 언젠가는 삶에 대한 회의를 느낍니다. 이처럼 반복되는 일은 자신을 지치게 하고 힘들게 합니다.

이같은 처지의 사람들이 남의 직업을 부러워하거나 얕잡아 봅니다. 직업은 마찬가지인데도 어떤 직업이 귀하다느니 어떤 직업이 천하다느니 말이 많습니다.

모든 직업은 하나같이 불안전한 것입니다.

174

그것은 손이나 발로 하는 일과, 머리로 하는 일이 구분되어 따로 놀기 때문입니다.

  손이나 발, 머리는 저마다 합쳐지기를 원하고 있습니다. 이 때 육체와 정신이 함께 움직여야 그나마도 만족을 느낍니다. 그런데도 육체적인 일이든 정신적인 일이든 한 쪽 부분은 죽은 것처럼 여겨 혼란과 좌절을 스스로 불러들입니다. 그렇다고 기가 죽어 슬금슬금 기어다닐 필요는 없습니다. 어떤 일을 하든 당당하면서도 여유 있게 대처하면 자기 개발의 동기가 됩니다.

서로 돕는 사람이 되세요

집단은 자신이 모자라는 것을 채워서 완숙하게 만들어 주는 곳입니다. 그러므로 남이 채워 주는 부분에 대해서는 사례를 하는 것이 좋습니다. 그렇다고 현금으로 줄 필요는 없습니다. 돈을 주게 되면 뇌물이 되고 결국에는 그것이 부패가 됩니다.

어떤 경우든 일을 통해서 자신이 얻은 만큼 갚아 주면 됩니다. 이러한 생각으로 일을 하면 자신도 집단도 이익을 얻습니다.

상호간에 주고 받는 것이 있으면 좋은 관계가 유지될 뿐만 아니라 서로가 도와서 어떤 일이든 잘 처리할 수 있습니다. 물론 일을 처리하는 과정에서 일을 움켜질 필요는 없습니다. 그것을 혼자서 할 수 없기 때문에 남이 도울 수 있도록 상호 관계를 유지하는 것이 좋습니다.

남이 나의 일을 잘 도와 주도록 하기 위해서는 먼저 일을 하는 방법보다 일을 만들어 내는 방법이 중요합니다.

　일이란, 시키는 일을 그저 해내는 것이 아니라 아직 만들어 지지 않은 일을 새롭게 만들어 내는 것입니다.

　집단에는 협조하는 사람들이 얼마든지 있습니다. 그러므로 항상 일을 만들어 내는 쪽에 서야 합니다. 그렇게 되면 집단에서 항상 인정받고 앞서 갈 수 있습니다. 또한 일원으로 소외되는 법이 없습니다.

매체는 지식을 가꾸는 환경적인 요소입니다

신문이나 잡지, 텔레비전이나 인터넷 등은 현실을 생생하게 전해 주는 지식의 보물 창고입니다. 이것은 때와 장소를 가리지 않고 언제 어디서나 접할 수 있습니다. 이와 같은 매체가 보기에 따라서는 부정적인 측면도 있는 게 사실입니다. 그렇지만 오늘을 사는 사람이라면 이것을 외면하기가 그리 쉽지 않을 것입니다.

우리는 흔히 매체가 악영향을 준다고 말하지만 꼭 그런 것만은 아닙니다. 그렇기 때문에 무엇이 자기에게 도움이 될런지를 선택하여 그것을 활용하면 됩니다.

현실을 살면서 정보의 공유는 매우 중요합니다. 또한 정보를 공유하지 않고서는 대화가 이루어지지 않습니다.

시시각각 변화하는 사회의 환경에 적응하려면 매체를 잘 활용하는 것 또한 사회 적응력을 높이는 길입니다.

178

가능성의 가치는 자신의 노력에 있습니다

현실에 있어 성공한 사람의 대부분은 자기가 젊은 시절 100% 성공을 보장받고 출발한 사람은 없습니다.

전문가 중에는 처음부터 그가 전문가의 길로 첫발을 디딘 후 반드시 성공한다는 확신도 없습니다.

그러나 성공하기까지 현실적인 불안과 갈등 속에서 한걸음 한걸음 포기하지 않고 오직 목표를 향해 묵묵히 걸어왔다는 사실입니다.

위험한 대인 관계

친구 사이라도 자기 편한 대로 결별하는 사람들이 있습니다. 그것은 바람직하지 못합니다. 더군다나 사회 생활에 있어서 대인 관계를 쉽게 단절한다는 것은 더욱 위험한 발상입니다. 그런 행동은 자기 자신을 고립시키는 꼴이 됩니다.

그런 사고는 이기적인 사고인데 누가 그런 사람에게 지속적인 믿음을 주겠습니까? 그런 식의 행동은 자칫 자기 스스로가 남을 불신하게 됩니다. 또한 상대방이 어떤 의도를 품고 자기에게 강요하는 것쯤으로 착각합니다. 그런 사람은 감정이 예민해서 농담을 하거나, 진담을 하거나, 언제든 자극을 받게 됩니다. 그렇게 되면 전후 생각 없이 아주 사소한 것에 민감한 반응을 보이고 그것에 화를 냅니다. 같은 동료라면 민감한 성격에 대해 세심한 배려와 함께 표정도 살펴야 합니다. 그런 사람일수록 공격적으로 상대를 대하고 그 상대에게 종종 모욕을 주기도 합니다. 그런 사람은 대개의 경우 극히 자기 중심적입니다. 자기 마음대로 흥분하는 기분파이고, 자기 기분에 의해 모든 것을 망쳐 버립니다. 그런 사람은 아주 하찮은 것에 목숨을 걸고 흥분합니다. 그리고 자기가 한 말을 어떤 식으로든 합리화시킵니다. 따라서 그런 사람과는 어울리지 않는 것이 상책입니다.

> 뱃사공은 폭풍에 관한 이야기를 하고, 농부는 황소에 관한 이야기를 하고, 양치기는 양떼에 관한 이야기를 하고, 병사는 자기 상처에 관한 이야기를 한다.
>
> 프로페르티우스(로마의 문학가)

노력이 미래를 보장합니다

세상은 자기 스스로 먹고 살아야 한다는 대원칙이 있습니다. 그런데도 불구하고 스스로 노력하지 않는 경우가 있습니다. 이런 경우 누군가에게 피해를 줄 수 밖에 없는 것입니다.

보편적인 사고를 가진 사람들은 없는 사람을 도우려고 합니다. 그런데 도움을 받지 않아도 될 사람이 노력은커녕 오히려 더 큰 도움을 원합니다. 그런 사람은 절대로 용서받을 수 없습니다. 그런 사람은 진짜 도움이 필요한 누군가를 희생시키고 있는 것입니다.

일도 마찬가지입니다. 노력도 않으면서 기대 이상의 것을 요구한다는 자체는 잘못입니다. 이처럼 노력은 하지 않고 대우가 좋아지기를 바란다는 것은 그 일 자체를 그만두겠다는 것이나 마찬가지입니다.

진정한 노력은 어떤 상황에서도 자신이 택한 일에 매진하는 것입니다. 상황이 좋지 않을 때에도 그것을 극복할 수 있

는 지혜와 행동이 필요합니다. 대가는 그러한 노력에 따른 것
입니다. 그리고 그 일에 대한 내용은 창조한 것의 가치에 준
하면 충분합니다.

　자신의 노력으로 얻은 것들을 노력도 하지 않은 사람에게
빼앗긴다는 것은 불행한 일입니다.

　세상은 자신이 노력해서 번 만큼 그 삶의 가치도 급속히 바
뀌어 갈 것입니다.

　희망이 있는 사람이라면 눈앞의 돈보다 벌 수 있는 능력을
키우는 것이 중요합니다. 그것을 깨닫는 것이야말로 진정한
노력이고 자신을 강하게 만드는 것입니다.

1%의 방심을 경계하세요

당신의 능력이 99%라는 것을 알면 나머지 1%가 성공의 키워드입니다.

어떤 일이든 99%를 만족했다 치더라도 1%의 꼼꼼함이 필요합니다. 이것이 당연한 것인데도 대부분의 사람들은 99%를 100%로 착각하는 한계에 이릅니다.

'대충대충'

'이쯤이면 잘한 거지'

'더 이상 어떻게 해'

'이것이 최상이다' 라는 말을 종종 합니다.

이것이야말로 자기 만족에 빠진 결과입니다.

능력이 있는 사람은 99%를 기본으로 하고 나머지 1%의 모자람을 찾기 위해 노력합니다.

또한 1%의 방심을 경계합니다.

184

성공 뒤에는 항상 상대가 존재합니다

성공을 하려면 풍부한 지식과 착한 마음이 필수입니다. 그러나 남들과 다른 행동을 하므로써 남들을 괴롭히거나 화합을 깨뜨리는 불청객이 있습니다.

아무리 똑똑한 사람이라도 주변과 어울리지 못한다면 백만 번 똑똑해 본들 비참합니다.

자신을 상대방이 알아주지 않는다면 그 똑똑함을 누구에게 보여 주겠는가?

똑똑하다는 것은 상대적이지 절대적이지는 못한 것입니다. 이와 같은 이치를 모른다면 평범한 사람보다 못한 사람이 되어 결국은 외톨이가 됩니다.

세상은 똑똑하다는 것만으로 성공하는 것은 아닙니다. 상대가 존재하므로써 성공하는 것입니다.

실수를 통해 배우세요

일을 하다 보면 실수를 할 때가 종종 있습니다. 처음 실수라면 누구라도 용서해 줄 수 있는 아량이 있을 것입니다.

중요한 것은 똑같은 실수를 두 번 다시 되풀이 하지 말아야한다는 것입니다. 두 번째 실수야 말로 진짜 실수이기 때문입니다.

진짜 실수는 당신의 신뢰를 무너뜨릴 수 있습니다. 개인이아닌 단체라면 더욱더 큰 신뢰를 잃게 됩니다.

실수를 되풀이하지 않기 위해서는 일을 주의 깊게 살피고,맨 처음 실수를 했을 때의 원인을 밝혀 내야 합니다. 이때 실수를 하지 않으려고 소심하게 그 일을 대하기 보다는 실수를했을 때 어떻게 대처할 것인가를 배우는 것이 무엇보다 중요합니다.

부지런하고 신중한 사람이 되세요

어리석은 사람은 우왕좌왕 서두르기 때문에 앞으로 다가올 난관에 대해 어떤 준비도 없이 일을 합니다.

똑똑한 사람은 자신의 머리만을 믿고 생각 이상으로 넘겨 짚거나 미루는 경향이 있습니다. 결국 이와 같은 사람은 성공할 확률이 낮습니다.

그러나 부지런하고 신중한 사람은 어떤 일도 서두르거나 내일로 미루지 않으므로 성공할 확률이 높습니다.

독서는 재료와 같은 것입니다

일반적으로 우리가 성공을 위한 첫발을 내디디려 할 때 흔히 경험하는 일입니다.

여기서 최대의 어려움은 첫발을 내딛는 순간이 아니라 내디딘 발을 지속적으로 움직이는 일입니다. 누구든 열의가 식으면 움직임이 둔해집니다. 그러나 자신의 의지를 끝까지 밀고 나가면 성공할 수 있습니다. 독서도 이와 마찬가지입니다.

독서는 혼자서 하는 것입니다. 그 어떤 생각이 떠오르면 읽는 것을 잠시 중단하고 그것을 새겨야 합니다. 남이 읽어 줄 경우에는 그렇게 할 수 없습니다.

독서는 자기 스스로가 원하는 재료를 얻고자 하는데 그 뜻이 있는 것입니다.

어떤 문제든 서두르지 마세요

당장 풀리지 않는 문제를 가슴에 안고 고민하느니 그것에 대해 인내하는 것이 중요합니다. 항상 전문 서적을 본다는 마음 자세로 차근차근 문제 자체를 즐겨야 합니다.

어떤 문제든 지금 당장 해답을 얻고자 서두르지 마세요. 문제란 해답과 함께 주어지지 않기 때문입니다.

그러므로 문제를 해결하는 가장 좋은 방법은 사전을 찾는 것과 같은 마음의 자세가 필요합니다. 그러면 자신도 모르는 사이에 문제의 답을 얻게 될 것입니다.

자투리 시간이라도 쉽게 버려서는 안 됩니다

대부분의 사람들은 시간을 지혜롭게 쓸 줄 모릅니다. 시간을 가치 있게 쓰는 일은 무엇 보다도 중요합니다. 1분에 또 1분이 쌓이고 쌓여 하루가 이루어집니다.

일 년 동안 조금씩 허비한 시간을 한데 모으면 결코 적지 않은 시간이 됩니다. 그런데도 세상에는 정말 쓸데없이 시간을 질질 흘려버리는 사람들이 많습니다.

무슨 일을 하든 약간의 여유와 이동 시간이 있습니다. 이때야 말로 더할 나위 없는 자기 시간입니다. 또한 순간적으로 아이디어를 짜낼 수 있는 시간이기도 합니다.

현명한 사람은 그 시간을 활용해서 독서를 한다든가 간단한 체조를 합니다. 그런데 어리석은 사람은 쓸데없는 잡담에 몰두하거나 그렇지 않으면 멍청하게 앉아 있는 일이 태반입니다.

자투리 시간은 마치 도시 한복판의 자투리 땅과 같아서 평소에는 별로 가치가 없어 보입니다. 그러나 그 이용 가치는 대단히 큽니다. 이처럼 자투리 시간도 평소에는 쓸모없이 보이지만 활용 여하에 따라서는 자신의 개발에 한몫을 합니다.

누군가 잘못을 했다면 처벌을 한다든지 아니면 용서를 한다든지 두 가지 중 하나를 선택해야 한다. 만일 처벌를 선택했다면 화를 낼 것이고 화를 낸 후에는 적을 만들 것이다. 그러나 용서를 했다면 서로에게 믿음과 존경심을 갖게 할 것이다.

kkl291(작가)

꼼수는 당신을 가치없게 만듭니다

남에게 꼼수를 부리지 마세요. 누구에게나 꼼수를 부리는 사람으로 낙인찍히게 되면 상대는 당신을 피하게 될 것입니다.

꼼수는 남에게 피해를 주고, 꼼수는 남에게 미움만 살 뿐입니다. 사람들은 그런 사람을 비난하게 될 것이고 끝내는 그에게 보복을 할 것입니다. 결코 꼼수를 즐겨서는 안 됩니다. 또한 화제가 되어서도 안 됩니다.

남몰래 꼼수를 부리는 사람은 누구에게나 외톨이가 될 것입니다. 가끔은 윗사람이 그런 사람과 다정한 듯 가까이 지냅니다. 그것은 그의 꼼수가 마음에 든 것이 아니라 그가 하는 꼴을 보려는 것입니다.

다시 한번 말하지만 남을 향해 꼼수를 부리면 더 큰 비난을 면하기 어렵습니다.

자신을 무장하세요

사회로 첫발을 내딛일 때에는 버릇없는 행위, 배신 행위, 그리고 가증스럽고도 뻔뻔스러운 행위 등등 갖가지 권모 술수에 대비해야 합니다. 이 사회는 어리석은 행위를 하는 사람들이 너무나도 많습니다. 그런 어리석은 사람들과 어울리면 손해를 보기 십상입니다.

누구든 천박하고도 우발적인 사건으로 인해 상처를 받을 수 있습니다. 이처럼 사회 생활은 자신이 생각한 것보다 훨씬 더 험난합니다. 그 길은 예상치 못한 각양각색의 장애물로 가득차 있습니다.

장애물을 극복하지 못할 처지에 놓이면 모르는 척하는 것이 상책입니다. 특히 장애물이 많은 경우에는 자연스럽게 궁지를 벗어나는 것이 유일한 수단입니다.

어리석은 사람은 자기 자신도 모릅니다

사람은 누구나 우물 안의 개구리입니다. 자신이 지혜롭다고
는 하나 또 다른 지혜가 있기 때문입니다.

세상에서 가장 어리석은 사람은 자신만이 지혜롭고 다른
사람은 모두 어리석다고 생각하는 것입니다.

지혜로운 사람이 되기 위해서는 지혜롭게 보이는 것만으로
충분하지 않습니다. 지혜로운 사람은 항상 무엇인가를 배웁
니다. 그리고 나보다 더 나은 사람이 있다는 사실을 깨닫고
삽니다. 더욱이 자신이 그것을 안다고 해도 그것을 자랑스럽
게 생각하지 않습니다.

어리석은 사람은 자신을 어리석다고 생각하지 않습니다. 그
는 어리석음에 대해 의심을 품어 본 적이 한 번도 없기 때문
에 어리석을 수 뿐이 없는 것입니다.

지혜로운 사람은 경쟁자를 자기 편으로 만듭니다

경쟁자와 경쟁한 사실이 알려졌다면 가능한 한 호의적인 태도를 갖게 해야 합니다. 경쟁자와 적대적인 관계를 보이는 것보다 미리 알아서 대비하는 것이 최선책입니다. 경쟁자를 우군으로 만들거나 적대적인 관계에서 우호적인 관계로 전환시키는 데에는 많은 어려움이 따릅니다. 그러나 적을 교화시켜 우군으로 만든다는 것은 그만큼 당신이 뛰어나다는 증거입니다. 이때 남에게 받으려고 하는 마음보다 주려고 하는 마음이 있으면 적보다 우군이 많이 생기는 법입니다. 또한 살아가는 동안에 큰 도움이 됩니다.

경쟁자에게도 항상 고마운 마음을 가진다면 악의는 사라지고 결국은 우호적으로 변할 것입니다.

이와 같이 지혜로운 사람들은 적보다 우군을 만들기 위해 많은 노력을 합니다.

자신만이 할 수 있는 일은 보석과 같은 것입니다

일을 성공적으로 처리한다는 것은 능력이 있다는 것입니다. 하지만 서두르는 것은 바람직하지 못합니다. 그것은 당신이 행여 실수할 수도 있기 때문입니다.

일에 있어서 성과가 오래도록 지속된다는 것은 그만큼 일을 잘했다는 증거입니다. 또한 성취한 실적만큼 오래 남는데, 어떤 일이든 오직 철저한 준비만이 성공을 부릅니다.

일에 있어서 가치가 있는 것일수록 그것을 얻기 위한 노력이 필요하고 얻은 후의 대가는 큽니다. 이처럼 자기만이 할 수 있는 일은 무엇과도 비교할 수 없을 만큼 매우 값진 보석임에 틀림이 없습니다. 따라서 자신의 일을 보장받게 하는 매우 소중한 보험과도 같은 것입니다.

칭찬은 떳떳하게 하세요

당신이 남들을 칭찬하게 되면 남들도 당신을 칭찬하게 됩니다. 칭찬은 이야기를 제공하게 되므로 대화의 분위기가 좋아집니다. 하는 사람이나 받는 사람이나 모두 활력이 생깁니다. 그러므로 칭찬은 서로에게 있어 자연스러운 존중의 표현이기도 합니다.

그런데 입만 열면 남을 깔보고, 비웃고, 헐뜯기를 밥 먹듯 하는 사람들이 있습니다. 이런 사람들은 그 자리에 있는 사람들의 비위를 맞추려고 재미삼아 흥을 돋우는데 그것은 자기 자신에 대한 착각입니다. 이런 것에 재미를 붙인 사람들은 순간적으로 박수를 치겠지만 그들도 역시 돌아서면 그 사람을 비난하게 마련입니다.

술은 기회를 주기도 하지만 잃기도 합니다

"술이란 처음 마시기 시작할 때에는 양처럼 온순하고 조금 더 마시면 사자처럼 사나워지고 더 마시면 돼지처럼 더러워 진다. 그리고 거기에다 더 마시면 원숭이처럼 춤을 추고 노래 한다." (탈무드 중에서)

사람이 살아가면서 술을 마실 기회는 얼마든지 있습니다.

요즘 젊은이들은 그런 자리를 피하는 추세인데 그렇다고 해도 생각하기에 따라서는 필요합니다.

지인과의 술자리라면 사회 정보를 얻을 수 있는 적절한 기회입니다. 또한 윗사람과 함께라면 그 사람이 무슨 생각을 하고 있는지, 지금 진행되고 있는 일의 의미나 관련성, 대인 관계에 있어서의 역학 관계 등을 알 수 있습니다.

분명 별볼일이 없다고 생각한 술자리라도 생각하기에 따라서는 자신이 원하는 정보를 얻게 됩니다. 사회 생활을 하다 보면 접대를 받거나 해야 할 기회가 많은데 지인이나 윗사람을 통해서 접대하는 방법을 배울 수가 있습니다. 단 술자리에서 조심해야 할 것은 어떤 경우든 간에 불평 불만을 이야기해서는 안 됩니다. 이것이야말로 시간을 헛되게 쓰는 것이며 한심하기 짝없는 일입니다. 그런 분위기의 술자리라면 되도록 참석하지 않는 것이 바람직합니다.

누구든 술을 마시더라도 주량에 신경을 써야 합니다. 아무리 허물없는 자리라 할지라도 주법은 존재하기 때문입니다.

아무리 사소한 습관도 문화가 됩니다

사람이 살아가면서 아무리 사소한 습관도 소중히 간직하고 전하면 그것이 문화가 됩니다.

지난 시절에는 편지가 중요했습니다. 그러나 요즘처럼 전화가 보편화된 시대에 있어서 편지는 별로 입니다. 분명 전화는 간편하고 편리합니다. 그렇지만 전화로 주고받은 말은 인상적이지 못합니다.

편지는 전화보다 훨씬 더 감동적입니다. 그리고 언제까지나 생생한 추억이 됩니다. 이처럼 마음을 전하고 싶다면 편지가 훨씬 낫습니다. 편지를 쓰려면 마음의 여유가 필요합니다. 아무리 글을 못쓰는 사람이라도 그 편지 속에는 그 사람의 정성과 성의가 깃들여 있어 받는 사람으로 하여금 감동을 줍니다. 전화는 그 자리 그 상황의 사무적인 처리에 불과하므로 너무 상막한 느낌이 듭니다.

요즘 젊은이들은 남자나 여자나 전화만 들면 끝없는 대화를 합니다. 그런데 결국 내용도 없는 수다가 태반입니다. 첨단 시대에 편지처럼 사소한 습관도 잘 이어간다면 문화가 된다는 사실을 알아야 합니다.

남을 무시하면 어느 순간 적이 됩니다

사람들은 살아가면서 말과 행동을 스스로 하는 것보다는 대부분 남의 호의에 의해 반응을 보이는 경우가 많습니다.

평판 또한 남의 입에 달려 있는데 자기 스스로 옳다고 생각하는 것만으로 호평을 받기란 쉽지 않습니다. 주변으로부터 호의적인 지원이 필요합니다.

예컨대 남들에게 호의를 베풀었다고 생각해 보세요. 그 호의는 생각보다 큰 도움으로 돌아올 것입니다. 그리고 그들이 호의적인 말 한마디를 해 주므로써 자신에게는 지원군을 얻은 셈이죠.

세상에는 여러 계층의 다양한 사람들이 다양한 방식으로 살아갑니다.

아무리 보잘것없고 우습게 보이는 사람이라 할지라도 그들을 무시한다면 어느 순간 예상하지 못한 곤경에 빠질 것입니다. 그러나 그와 반대라면 도움이 될 것입니다.

어느 누구를 싫어하는 것은 자유입니다. 그렇지만 굳이 그 속마음을 드러내어 상대에게 미움을 살 필요는 없습니다. 그 것은 상대를 비난한 것 이상으로 보복을 받기 때문입니다.

나무에 가위질을 하는 것은 나무를 사랑하기 때문이다. 이처럼 부모에게 꾸중을 듣지 않으면 똑똑한 아이가 될 수 없다. 추운 겨울을 지난 후에야 봄의 푸른 잎은 한층 더 푸르다. 사람도 역경을 극복한 후에야 비로소 제 값을 한다.

벤자민 프랭클린(미국의 정치가/저술가/과학자)

절대적인 인재는 없습니다

어떤 팀에서든 절대적으로 필요한 인재는 없습니다. 그 사람이 없으면 그 팀이 움직이지 못할 것 같다 한들, 다른 팀에서 더 필요하다면 가차없이 그쪽으로 트레이드됩니다. 현실적으로 그 사람이 떠나면 잠깐은 주춤하겠지만 다시 본래의 상태로 돌아가게 마련입니다. 경우에 따라서는 현재보다 더 나빠질 수도 있을 것입니다. 그러나 더 좋은 상태로 발전할 가능성은 얼마든지 있습니다.

걱정은 그때그때 떨쳐 버려야 합니다

걱정을 사서 하지 마세요. 이는 매우 분별 있는 행동이기 때문입니다. 즉 많은 걱정을 떨쳐 버리게 되므로 편안하고 행복해집니다.

204

사람이 살아가는 동안 나쁜 얘기나 불길한 얘기를 함부로 전하지도 말고 또한 귀담아 듣지도 마세요. 일단 그런 얘기를 듣고 나면 누군가에게 옮기고 싶은 충동이 생기므로 이런 경우 걱정이라는 독이 만들어집니다.

　자기 자신이나 남들을 즐겁게 하기 위해 입을 함부로 놀리면 그것이야말로 자신과 남을 괴롭히는 일이되겠죠. 더구나 그들이 당신에게 있어서 더없이 소중한 경우라면 더 그럴 거구요. 잘되라고 충고는 못할지언정 필요 이상으로 그 일에 끼어들어 당신 스스로 걱정을 분담하려 할 때 결과적으로 자기의 걱정거리가 됩니다. 그러므로 차라리 남이 스스로 걱정하는 편이 낫다는 것을 늘 염두에 두세요.

　누구라도 걱정이라는 것은 희망보다는 절망을, 적극적인 것보다 소극적인 것을 가슴에 품는 것입니다. 따라서 걱정은 그때그때 떨쳐 버려야 합니다.

과거의 무용담에 집착하지 마세요

사람들의 대부분은 단골 메뉴인 과거의 무용담에 빠집니다. 그러나 그런 말은 자기 자랑에 불과합니다. 아무리 당신과 친분이 있다고 해도 당신의 말에 귀를 기울일 사람은 별로 없습니다. 무용담은 어디까지나 과거의 경험이지 미래를 지향하는 것은 아닙니다. 이런 경우 정말 부끄러운 짓입니다.

과거를 사는 사람이 어떻게 희망적일 수 있겠는가? 누구든 미래를 내다보고 미래의 새로운 일에 도전하는 것이 바람직합니다.

'옛날에 우린 피죽도 못 먹었다.' '우린 어떤 일이든 목숨을 걸고 일했다.'라고 말을 한다면 이런 말은 상대의 비웃음을 살 뿐입니다.

언제나 과거는 흘러간 것입니다. 그러므로 현재와 미래가 자신의 몫임을 명심해야 합니다.

세상은 자기 만족으로 사는 것입니다

누군가가 출세를 했다고 해서 부러워하거나 시샘하는 것은 좋지 않습니다.

세상에는 나보다도 못한 사람들이 얼마든지 있습니다. 언제나 사람들은 자기 입장에서 말하고 자기 만족으로 사는 것입니다.

아무리 출세한 사람이라도 잠시 착각에 빠져 자신을 우월하게 생각하는 것뿐입니다. 그러나 그 착각에서 깨어나면 초라하기 그지없습니다.

사사건건 꼬투리를 잡는 것은 어리석은 짓입니다

어떤 사람은 무슨 일이든 사방팔방 다 끼어들어 아는 체하거나 쓸데없는 행동을 합니다. 그런 사람은 결국 의견 충돌로 가까운 사람과 분란을 일으킵니다. 그런 사람이 의견 충돌을 일으키는 것은 그 사람이 어리석거나 아니면 다혈질이라는 것을 공공연히 드러내는 것과 같습니다. 무슨 일이든 빠짐없이 이것저것 꼬투리를 잡아 참견할 때, 한 번쯤은 박식하고 영리하다는 말을 들을 수는 있을 것입니다. 이런 분류의 사람들은 즐거운 대화 중에 언쟁을 불러일으켜 분위기를 험악하게 만들고 끝내는 판을 깹니다. 그것도 친분이 있는 자기 동료들을 적으로 삼는 것입니다. 그런 짓은 모두에게 폐를 끼치는 일입니다.

예컨대 값지고 정밀한 전자 제품이라 할지라도 그 속에 미세한 먼지가 들어가 오류를 발생시키면 끝내 그것을 쓸모 없게 하는 것과 같습니다.

같은 처지의 사람과 푸념을 늘어놓으면, 한탄뿐입니다

어느 장소를 불문하고 사람들이란, 셋 이상이 모이면 제삼자를 안주삼아 이야기를 나눕니다.

어떤 사람은 일에 대한 문제를 늘어놓고, 어떤 사람은 삶에 대한 푸념을 늘어놓고, 어떤 사람은 인간성을 들먹입니다.

'그 인간 정말 그러는 게 아니야'

'그 인간 언제나 제멋대로야'

'그 인간 피눈물도 없어' 등등 모이기만 하면 일시적이 아니라 반복적으로 돌아가면서 헐뜯거나 푸념을 늘어놓습니다. 그렇게 한들 달라지는 것은 없습니다. 달라지는 것이 있다면 그건 분명 자기 스트레스를 해소하는 것뿐입니다.

이럴 경우, 나보다 나은 상대를 만나야만 진정 자신의 문제가 희망적으로 바뀐다는 사실을 명심하세요.

경험과 실험을 통해 얻어진 진리가 참된 지식입니다

진실이든 거짓이든 받아들이는 사람에 따라 지식이 됩니다. 이 말은 처한 시대와 나라 그 고장의 환경 속에서 알게 된 상태나 또는 정보를 말합니다.

정보의 홍수 속에서 진실이 아닌 거짓으로 드러날 정보를 얻는다는 것은 매우 안타까운 일입니다.

세계 최초로 지동설을 주장한 아리스타르코스 이전에는 지구가 평평하다고 믿었던 것과 같은 오류가 그것입니다.

어떤 경우든 진리를 바탕으로 입증될 때만이 지식의 힘은 강해집니다. 그렇지 않은 경우 당신의 발전과 진보를 가로막는 결정적 걸림돌이 되는 것은 물론, 엄청난 정신적 혼란을 초래하게 됩니다.

과연 진리란 어떤 것인가? 그것은 어떤 명제가 사실과 일치하거나 논리에 맞는 것을 말합니다. 그렇다면 사람들은 어떻게 진리를 발견할까? 그들은 경험을 통해서 진리를 발견하고

210

실험을 통해서 입증합니다. 이처럼 실험을 통해 진실인지 거 짓인지를 규명하는 것입니다.

사람들이 공식적으로 지구가 둥글다고 하기 훨씬 이전에는 지구가 둥글다라는 사실을 몰랐습니다. 단지 평평하다는 것 을 진리로 믿었던 것입니다.

이때 지구가 둥글다는 것을 전제로 그것을 입증하기 위해 수많은 사람들이 연구와 실험을 했습니다. 그 결과 사람들은 지구가 둥글다라는 진실을 믿게 된 것입니다.

이것은 확정된 진리입니다.

이처럼 진리는 오랜 시간 동안 경험과 실험을 통해서만이 참된 지식으로 탈바꿈하는 것입니다.

무례한 사람과의 경쟁은 피하는 것이 좋습니다

무례한 사람과는 절대로 경쟁하지 말아야 합니다. 그런 사람과 경쟁을 한다는 것은 무모한 짓입니다. 또한 불리한 조건에서 경쟁을 하는 것과 같습니다. 그런 경우 상대방은 별생각도 없이 무모하게 범벼듭니다. 그는 예의가 없기 때문에 두려울 것이 하나도 없습니다. 그래서 그런지 말과 행동에 주저함이 없습니다.

그런 사람과 경쟁을 한다는 것은 명예를 잃는 것과 같습니다. 아무리 오래 쌓아 온 명예라 할지라도 한 순간에 무너질 명예라면 더욱 그렇습니다. 그것은 한 순간에 한 번의 실수로 공든 탑이 무너지는 것과 같습니다. 명예가 높은 사람은 잃을 것이 많기 때문에 자신의 명예와 상대방의 명예가 어느 정도인지를 따져보고 조심성있게 경쟁에 나섭니다.

그런 다음 경쟁의 시기와 물러설 시기를 현명하게 판단합니다. 그렇게 하지 않으면 설령 자신이 승리를 했다 하더라도 그 승리에 흠집이 생기고, 그 흠집으로 인해 명예에 상처를 입게 됩니다. 결국 명예를 쉽게 회복할 수 없을 뿐더러 오랜 시간이 걸립니다.

일생에 있어서의 기회란, 적게 주어지는 것이 아니라 그것을 볼 줄 아는 눈과 붙잡을 수 있는 의지가 자신 안에서 잠자고 있는 것이다.

kkl 291(작가)

부정의 실체를 알면 긍정이 빛납니다

부정은 건설적이라 할 수 있는 거죠. 그러나 뭔가 체계적이지 못해 오해를 사는 것입니다.

우리 주변에는 부정을 달갑게 보지 않는 고정 관념이 일상을 지배합니다. 그러면서도 부정에 익숙합니다. 정작 부정적인 자신을 싫어 하면서도 말입니다.

사람들은 언제나 부정적인 사고를 버리라고 합니다. 사실 알고 보면 사람의 본질은 부정적입니다.

마음에 상처를 받았거나,

화가 났거나,

겁을 먹었을 때,

부정적인 반응이 나타나는데 이것은 곧 자연스러운 부정 현상입니다.

살다보면 부정적일 때가 한두 번이 아닐 겁니다. 그렇다 해도 지금이 자신을 변화시킬 참 좋은 기회입니다. 즉 부정은 곧 새로운 행동을 요구하게 되니까요.

언제나 부정적인 면을 되짚어 보면 적극적이기 보다는 소극적인 면이 많습니다. 이 부정에 대한 문제점을 일일이 돌아보면 염치가 없을 때도 있고, 또한 가슴이 답답하고 일에 있어서도 능률적이지 못할 때가 있습니다.

부정적인 것은 과거의 쓴맛에 질려 마음속 어딘가에 새로운 부정이 잠재하고 있는 것이 아닐까요? 이것이 잠재하는 또 다른 부정입니다. 다시 말해 자기 자신을 믿지 못해서가 아니라 확신을 갖지 못해서 생기는 일종의 두려움입니다.

살다 보면 수천 가지의 부정과 긍정이 다가옵니다. 이때 부정적인 생각을 현실에 비추어 긍정적으로 바꿀 때 자신의 모습은 어느새 미래를 향하고 있을 것입니다.

헛소문을 경계하세요

헛소문이라는 것은 악의적으로 번져 주변 사람들의 입에 오르내리는 것을 말합니다. 헛소문으로 인해 별명이 붙는다면 두고두고 명예에 흠집이 생길 것입니다.

헛소문이라는 것은 뜬구름처럼 확실치 못한 정보에 의해서 흘러나옵니다.

헛소문이라는 것은 사람이 살아가는 동안 완전히 없어질 수는 없는 까닭에 남 말하기를 좋아하는 사람들에겐 귀가 솔깃해 집니다. 그런 헛소문이 결국 주변 사람들과의 불신을 조장합니다.

그러므로 현명한 사람은 항상 몸가짐을 바로하여 헛소문에 휘말리지 않도록 하는 것이 좋습니다.

불만을 갖기 전에 실력을 키우세요

일단 당신이 회사에서 떠날 생각이 있다면 불만은 점점 더 커지고 그 회사가 싫어집니다. 그렇게 되면 당신은 한시라도 머무르고 싶지 않을 것입니다. 때로는 지옥과 같을 것입니다. 그런 당신이 그렇다고 분명한 목적도 없이 그곳을 떠난다면 결국에는 더 어려운 상황을 맞이하게 될 것입니다.

남아 있어도 고통, 나가도 고통이라면, 그대로 남아 있는 것이 낫겠지만 이 또한 문제입니다. 그렇다면 일에 대한 노하우가 생길 때까지 꾹 참고 있어야 합니다. 이것은 수많은 경험자의 공통된 생각입니다.

당신이 독립적인 길로 간다는 것은 안정을 버리고 우물 밖으로 나가는 개구리와 같습니다. 그것은 가보지 않은 세계로의 여행입니다. 그저 우물 안 개구리처럼 편하게 산 당신에게 못 느낄 고통 이상 더한 고통입니다.

예컨대 당신은 현명한 사람으로 어떤 훌륭한 회사에 들어

갔습니다. 또한 젊어서 고생을 하고 경험을 쌓았습니다. 그러면 크게 성공합니다. 그러나 힘든 일을 외면할 때에는 결과가 뻔합니다.

지금 당신은 긍정적인 생각을 가지고 회사에 몸을 담아야 합니다. 그리고 배울만한 것은 전부 배워야 합니다.

감나무 밑에서 입만 벌리고 있으면 홍씨가 입으로 들어올까? 그렇지 않습니다. 입만 벌리고 있는 사람은 홍씨를 어떻게 딸 수 있는가를 생각하지 않습니다. 그런 정신 상태로 준비도 없이 약육강식의 정글로 떠나려 하는가? 이것은 그야말로 무모한 짓입니다. 당신이 회사를 떠나는 것은 전혀 다른 세계로 여행을 하는 것과 같습니다. 그러므로 사전 준비는 필수입니다.

당신이 회사를 떠나려고 한다면 거기에서 필요한 노하우를 완전히 습득해야 합니다. 같은 사회, 같은 시대를 살아온 것처럼 적어도 당신은 그곳에 서 있습니다. 현재 상태의 불만만을 가지고 떠난다면 결국 불안과 걱정뿐입니다.

218

전임자보다 더 인정받는 사람이 되세요

일을 잘했던 전임자가 있습니다. 이때 그 사람의 잘한 점을 기억하되 똑같이 따라하지는 마세요. 그러나 전임자를 앞지르지 못할 바에야 뒤를 따르는 것이 현명합니다. 전임자와 대등한 능력을 평가받으려면 전임자보다 더 많은 노력과 실적이 필요합니다. 누구든 당신이 떠나는 것을 아쉬워할 때 당신의 가치는 인정된 것입니다. 또한 다른 동료들보다도 능력이 있다는 것입니다. 그러기 위해서는 당신이 전임자의 그늘에 가리지 않도록 힘써야 합니다. 자리의 이동이 끝난 후에도 전임자를 찾는다면 당신의 능력을 의심해야 합니다. 그것은 함께 지냈던 전임자의 분위기에 동료들이 익숙해져 있기 때문입니다. 그리고 먼저 그 자리에 있었다는 이유 하나만으로 후한 평가를 하는 것입니다. 그러므로 전임자보다 더 좋은 평가를 받기 위해서는 그가 과거에 쌓은 실적보다 몇 갑절 실적을 쌓는 것이 중요합니다.

개 눈에는 똥만 보이는 법입니다

사람이란 자기가 생각한 이상의 세계를 부정합니다. 자기 기준으로 남을 평가하거나 자신의 지적 능력에 맞추어 재단 하려 합니다. 그러니 지능이 낮은 사람에게 있어 정신적으로 아무리 훌륭한 사람이 있다 하더라도 그에게는 별의미가 없 는 것입니다.

단지 자신의 눈에 비치는 외모나 성깔, 말투 외에는 전혀 거 들떠보지도 않습니다. 아무리 훌륭한 사람이라 해도 그에게 는 보잘것없는 존재에 불과합니다. 그런 사람은 아름다운 빛 깔을 구분하지 못하는 눈뜬 장님과 같습니다.

예컨대 내가 모르면 누구도 모르는 것입니다. 다시 말해 모 든 평가는 평가자의 인식 범위 내에 있는 것과 마찬가지입니 다.

누구나 말을 할 때에는 그 상대와 같은 수준에 맞춰야 합니 다. 상대보다 아는 것이 많다 해도 아는 것을 내색하면 곤란해집니다. 그러므로 상대에 따라 자신의 인식 범위가 낮으면 정녕 필요한 말은 들을 수가 없는 것입니다.

이 얼마나 어리석은 일인가?

그와 같은 어리석음을 안다면 자신의 현실을 직시할 수 뿐이 없습니다. 이럴 때는 상대의 마음을 읽으려 노력하고 항상 배움의 자세를 유지하는 것이 바람직합니다.

허풍과 아부를 경계하세요

대부분의 사람들은 과거의 지위보다도 현재의 지위를 과대 포장하려 애씁니다.

현명한 사람이라면 이러한 속내를 알아차려야 합니다. 남들의 지나친 허풍에 실망하지도 말고 그 아부에 취해 자기 위치를 망각하지도 말아야 합니다.

허풍과 아부는 방법에 따라 다를 뿐입니다. 그러나 달성하려는 목표는 비슷합니다.

그런 사람들은 그때그때 분위기를 타고 말을 바꾸므로 경계해야 합니다.

당신의 멘토

지혜로운
삶은
꿈을 키웁니다

여유는 마음의 에너지입니다

여유를 가지고 사물을 분별한다는 것은 그것을 즐기는 것과 같습니다. 대부분의 사람들은 여유라는 행운이 자기를 빗겨 갔다고 생각합니다. 그래서 여유 자체를 꿈꾸지도 않은 채 그냥 방치해 버립니다.

그들은 가까이에 있는 여유를 즐기지도 못하고 젊은 시절을 보냅니다. 행여 그 시절로 돌아가고 싶어 하지만 이미 때는 지나간 것입니다.

젊음은 스스로를 재촉하고 서둘러 정상이라는 고지에 다가서려 합니다.

평생 동안 갈 길을 하루 아침에 다가서려 합니다.

즐기기도 바삐 하고 세월도 앞당겨 왔으면 합니다.

그렇기 때문에 모든 일을 서두르는 것입니다.

지식을 얻는 데에도 적절한 시절와 속도가 있습니다. 그것을 미리 알면 병이 되는 지식도 있기 때문입니다.

224

우리에게는 자기 만족의 시간보다 현실로 살아갈 세월이 더 깁니다. 그러므로 즐길 때에는 여유를 가지고 천천히 즐기는 것이 좋고, 일을 할 때에는 명료하게 계획을 세워 실천하는 것이 좋습니다.

이것이 시간을 낭비하지 않는 것이며 그 즐거움이 두 배가 되는 것입니다.

누구에게나 서두르지 않는다는 것은 지치지 않는 내일을 싱싱하게 준비하는 것과 같아서 희망이 절로 생깁니다.

남의 말은 길게 듣고 내 말은 짧게 하세요

남의 말에 귀를 기울이되 그 말을 듣고 가능한 한 말을 적게 하는 것이 좋습니다.

그것은 아무리 좋은 말이라 할지라도 길어지면 짜증이 나기 때문입니다. 그러므로 묻는 사람이 없을 때에는 입을 열지 않는 것이 바람직하며, 쓸데없는 말로 시간을 질질 끌거나 말꼬리 잡기와 과장은 바람직하지 못합니다.

윗사람 앞에서는 이러쿵 저러쿵 시시껄렁한 얘기를 정신없이 털어놓기보다는 듣는 편이 낫습니다. 그렇지 않으면 자칫 실수로 미움을 사기 십상입니다.

자신과 관련이 없는 말은 상대의 말에 귀를 기울이고, 하고자 하는 말이 상대에게 도움이 되지 않는다면 구태여 나서지 않는 것이 좋습니다. 그렇다고 늘 침묵하라는 것은 아닙니다. 그렇게 하면 상대방의 말에 휩쓸려 자기의 주장도 주관도 없는 것 쯤으로 인식됩니다.

이런 자세는 자칫 사회 생활에 있어서 자신의 존재를 잃게 되므로 상황에 따른 처신이 요구됩니다. 그러니 언제까지나 입을 다물고 있을 필요는 없습니다. 상대가 물어 오면 상황에 따라서 적절하고도 명료하게 대답해 주세요. 또한 모를 때에는 모른다고 솔직하게 대답하세요.

미소는 받는 것이 아니라 주는 것입니다

미소는 돈으로 할 수 없는 많은 것들을 이루게 합니다.

남녀노소를 막론 하고 주는 사람을 넉넉하게 하는 것은 물론 받는 사람을 여유롭게 합니다.

미소는 만남에 있어서 순간적으로 일어나는 일이지만 그 기억은 아주 강력해서 그 순간을 오래도록 기억하게 합니다.

미소는 가족 모두를 행복하게 만들고 동료들 간에 협력과 믿음을 주어 결속을 다지게 합니다. 또한 선의를 불러일으켜 친분을 유지하게 합니다.

미소는 힘들고 지친 사람에게는 휴식을 줍니다.

실패한 사람에게는 힘을 줍니다.

소심한 사람에게는 용기를 줍니다.

슬픈 사람에게는 위로가 됩니다.

그러나

미소는 돈으로 살 수도 없습니다.

빌릴 수도 없습니다.

남몰래 훔칠 수도 없습니다.

　오직 나만의 선물입니다. 그리고 보석과 같아서 주어야만 빛이 나는 것입니다.

진정한 평가는 지속적인 노력에 있습니다

자신의 능력을 객관적으로 평가한다는 것은 자신이 홀로설 수 있느냐 없느냐를 판단하는 척도가 됩니다. 그러나 그것은 쉬운 일이 아닙니다.

특히 거침없이 일을 해 온 사람이라면 일정 부분 주위로부터 도움을 받았다는 사실조차도 잊고 자기의 능력이 탁월한 것쯤으로 착각합니다. 그래서 그들은 스스로를 떠벌리며 자신을 과대 평가하는 경향이 있습니다. 이때 팀 내에 있거나 어영부영 경력을 쌓은 사람은 더욱 그렇습니다.

옛날에 얻은 능력은 오랜 시간이 지나면 아무짝에도 쓸데가 없습니다. 또한 시대도 일도 변하고 있습니다. 특히 전문가라도 예외는 아닙니다. 자기 개발을 게을리 한 사람은 어느 것도 할 수 없습니다.

하나의 기술이나 능력에 매달려 자신을 과신한다면 이 또한 치열한 경쟁 사회에서 살아남기 어렵습니다. 항상 외부로 눈을 돌려 변화하는 세상을 따라잡아야 하고 자신의 능력을 점검해야 합니다.

누구든 일생 동안 능력 향상을 위해 새로운 지식을 공부해야 합니다. 이것이 참된 능력이고 이런 생각이 없이는 내일을 보장받기 힘듭니다.

당신의 침묵

혀를 함부로 놀리는 것은 자기의 능력을 까발리는 것과 같고, 비밀을 감추지 못하는 사람은 물 밖으로 입을 벌리는 물고기와 다를 바가 없습니다.

마음이 깊으면 그 속에 비밀을 깊숙이 간직할 수 있습니다. 그런 마음에는 귀중한 비밀 창고가 있습니다. 이 비밀 창고를 잘 관리하면 상대로부터 신뢰를 얻게 됩니다. 그러나 함부로 혀를 놀린다면 뱉은 말에 대해 모든 책임을 져야 합니다.

예컨대 말다툼이 있거나 상대로부터 모욕을 당했습니다. 이때 당신은 침묵을 지키기가 매우 어려울 것입니다. 그러나 현명한 사람은 이와 같은 경우를 피하기 위해 더욱 침묵합니다. 그런데도 어떤 사람은 한 발 앞서서 모든 것을 다 아는 체 함부로 혀를 놀립니다. 결국 이런 사람은 십중팔구 구설수에 오릅니다.

실패는 성공의 보증서입니다

실패는 성공의 보증서입니다. 이것은 아기가 수만 번 쓰러지고 일어서면서 끝내는 서는 것과 같습니다. 수만 번 쓰러지고 일어서는 것은 실패보다는 희망이 마음에 있기 때문입니다.

어느 산악인이 험악한 절벽을 오르다 실패하더라도 거듭 포기하지 않고 도전하는 것처럼, 실패는 언제나 자기를 반성하고 자기의 위치를 깨달아 더욱 분발하게 합니다. 이것은 실패가 최종점이 아님을 증명하는 것입니다. 또한 재기의 출발점이 됨을 의미하는 것과 같습니다. 언제나 실패를 극복하면 반드시 어떤 일이든 성공하는 법입니다.

성공이란 낙숫물이 바위를 뚫기 위해 수만 번 두드리는 것과 같기 때문입니다.

정직함은 거짓을 이기는 용기입니다

누구든 거짓말을 합니다. 그래서 그런지 정직하기란 쉽지 않습니다. 그러므로 정직한 사람은 무엇과도 견줄 수 없는 것입니다. 정직함은 겸손을 수반합니다. 또한 두려움을 모릅니다. 행여 거짓으로 자신을 망가뜨렸다 해도 용기가 회복되면 어떤 비난도 이겨낼 수 있습니다.

자기 자신을 내세우지 않으면서도 부드러운 사람이 가장 정직할 수 있습니다. 정직한 사람이 자신의 모습을 바로 볼 수 있습니다. 정직함이 없는 사람은 거짓 때문에 불행으로 끝을 맺습니다.

조금만 방심해도 거짓은 예측 불허한 곳에서 우리를 기다리고, 아무리 품위가 있다고 한들 거짓은 불행의 시작일 뿐입니다. 그러나 거짓을 뉘우치면 그 속에서 새로운 길을 발견할 용기가 생깁니다. 또한 자신을 돌아보는 계기가 됩니다. 그렇다고 해도 거짓이 정당화될 수는 없는 것입니다.

인생의 순리는 현실에 있습니다

인생이란 한 번 가면 다시 오지 않습니다. 그러니 인생은 자기 멋대로 사는 것이라고 누군가는 쉽게 말합니다. 이토록 억지를 부리는 것은 누구나 힘들이지 않고 편하게 살고 싶어 하는 욕심 때문입니다.

인생은 그렇게 만만한 것이 아닙니다. 하는 일마다 성공하고 누가 보더라도 늘 행복한 사람은 흔치 않습니다. 그렇다고 해서 인생이 자신의 뜻대로 되지 말라는 법도 없습니다. 오히려 뜻대로 되지 않을 것이라고 지레 짐작하기 때문에 그 현실이 자신에게 다가오는 것입니다.

세상에는 성공한 사람보다는 실패한 사람이 많습니다. 행복한 사람보다 불행한 사람이 많습니다. 이것은 현실을 살아가는 우리에게 있어서 이성이나 상식, 혹은 자아 의식의 틀에 묶여 살아가기 때문입니다. 그러므로 현실을 깨면 그 현실에 인생의 순리가 보입니다.

길은 오직 하나가 아닙니다

사람이 살면서 긍정적인 사고는 인생을 즐겁게 합니다. 두 갈래의 길에 서서 망서리기보다는 무수히 많은 길을 긍정적으로 보는 것입니다.

오직 한 길로 달려가야 한다고 생각하면 곳곳에 놓여 있는 장해물로 인하여 스트레스를 받습니다.

인생의 길은 미로와 마찬가지로 가는 곳이 막히면 다른 길을 선택하고 또 다시 선택하면서 앞으로 나갑니다. 이렇게 하면 결국 어떤 길이든 만들어집니다.

이런 경우 남들은 기회주의자라거나 결단력이 없는 사람쯤으로 여겨 핀잔만 줍니다. 그러나 그것은 맞는 말도 틀린 말도 아닙니다.

사람은 자유의 의지를 가지고 세상에 태어났습니다. 여러 가지 선택을 할 권리와 책임을 부여받았습니다. 그러므로 모든 사람은 최선을 선택할 권리가 있는 것입니다.

나는 그것뿐이 못해, 나는 능력이 없어라고 자기를 비하하기 보다는 언제나 잘할 수 있다는 최선의 믿음을 가지는 것이 중요합니다.

거짓과 진실을 잘 분별하세요

상대가 정보를 제공할 때에는 언제나 분별력을 가지고 들어야 합니다. 우리는 언제나 현장에서 눈으로 직접 얻는 정보보다는 입을 통해 얻는 정보가 대부분입니다. 그러므로 전해주는 정보를 항상 조심해야 합니다.

사회 생활이란 서로 믿고 살아가는 것입니다. 그런데도 불구하고 들려 오는 진실은 적고 거짓으로 들려 오는 정보는 눈 덩이와 같습니다. 이처럼 정보란 직접 눈으로 보는 것보다 입을 통해서 듣는 것이 대부분입니다. 입을 통해서 듣는 진실은 거의 없습니다. 왜냐하면 사람과 사람의 입으로 전해지는 진실은 시간이 흐르면서 전달하는 사람의 시각 차이와 감정이 섞여 있기 때문입니다. 그러므로 우호적이거나 악의적인 생각의 정도에 따라서 진실은 그만큼 왜곡됩니다. 또한 그것을 전하는 사람의 인간성이 드러납니다.

늘 칭찬만 하는 사람은 칭찬의 의미를 분별해서 받아들이는 것이 좋습니다. 비난만 하는 사람은 비난의 의미를 차분하게 받아들이되 한층 더 분별해서 받아들이는 것이 좋습니다. 이때 진실을 알기 위해서는 말하는 사람의 처지와 의중을 아는 것이 무엇보다 중요합니다.

진실은 인생에 있어 커다란 축복입니다. 하지만 대부분의 사람은 그 진실을 위한 노력을 게을리 하기 때문에 거짓이 우리 주변에 널리 퍼져 있는 것입니다.

화목한 가정이 희망입니다

　가족과의 관계는 언제나 서로를 아껴 줘야 합니다. 또한 즐겁고 희망에 찬 이야기로 웃음을 만들어야 합니다.

　형제 자매간에 함부로

　무시하거나,

　비난하거나,

　잔소리를 늘어놓는다면

　형제 자매간에는 불신이 싹트고 그것이 불씨가 되어 싸움을 하게 됩니다.

　가족은 항상 내가 더 잘해 줘야지 하는 마음을 가지고 나의 부족함을 탓해야 합니다.

지혜로운 삶을 위하여

자신의 삶을 우연에 맡기지 마세요. 언제나 현명한 판단과 예지를 겸비하세요.

다양한 사람들과 어울린다는 것은 세상에 대한 물정을 깨달아 조화로운 삶을 살려는 것과 같고, 장례식장에 가는 것은 죽음에 대한 이치를 깨달아 살아있는 동안 사람다운 사람으로 거듭나려는 것과 같습니다.

조물주는 세상을 창조하여 모두에게 역할 분담을 했습니다. 그 역할은 완벽한 것이 아니라 서로를 통해 하나가 되는 조화의 역할입니다.

이것은 잘난 사람이나 못난 사람이나 고르게 기회를 준 것과 같아서 결코 누구에게나 지나친 장담과 지나친 낙담은 바람직하지 못합니다.

자기만의 시간을 통해 늘 자신을 성찰할 때 이보다 더 큰 희망이 어디에 있을까.

240

농담을 잘하면 기회를 잃습니다

  일을 진지하게 처리하는 사람은 지혜가 드러나고 그렇지 않은 사람은 무지가 드러납니다. 언뜻 생각하기에 사람들은 재치를 평가하는 것 같지만 지혜를 더 높이 평가합니다.

  언제나 농담으로 시작해서 농담으로 끝나는 사람에게는 중책을 맡길 수가 없습니다. 또한 농담과 거짓말을 잘하는 사람은 진중하지 못하기 때문에 사람들로부터 신뢰를 받지도 못합니다. 그것은 농담을 할 것이라는 지레 짐작 때문입니다. 농담을 잘하는 사람은 언제 어느 순간에 진실을 말할지 모릅니다. 그것은 진실이 없는 것과 마찬가지입니다. 이처럼 농담이 깊으면 진실도 거짓이 됩니다.

풍부한 교양이 믿음을 줍니다

누구나 태어날 때에는 백지 상태입니다. 그러나 교양 덕분에 짐승보다 나은 생활을 영위하는 것입니다. 이처럼 교양이 사람을 사람답게 만드는 것입니다. 사회에서 훌륭하다고 인정하는 사람일수록 교양이 풍부합니다. 교양이 풍부한 사람들은 모든 면에서 이해심이 많고 상대를 배려하는 마음이 누구보다도 큽니다. 그러나 지식만 있다고 교양이 저절로 쌓이는 것은 아닙니다. 우리는 종종 지식만 믿고 잘난 체하는 사람들을 봅니다. 이들은 인간미가 없는 그야말로 냉혹하고 몰인정한 사람에 불과합니다. 이처럼 냉혹하고 몰인정한 사람은 제아무리 지식이 많아도 결국은 교양이 없는 것입니다. 교양이 있는 사람이란? 지식은 물론이고 특히 대화나 외모 그리고 생각·말씨·옷차림 등 세련미가 있다는 것을 말합니다. 이런 특성이 지식과 어우러져 교양으로 표출됩니다.

진정한 삶은 양심에 있습니다

사람답게 살려고 하는 것보다 더 유익한 삶은 없습니다. 사람으로 태어나 사람이 되어간다는 것은 양심을 갖는 것입니다.

양심을 지키 위해 노력하는 순간 이보다 더 큰 기쁨은 없습니다. 그것이 바로 우리가 지금까지 추구해 온 진정한 삶의 전부입니다.

아무리 세상이 변해도 거짓을 가까이 하는 것보다 양심을 가까이 하는 삶이 진정한 삶이며 행복입니다.

젊음의 참된 용기

젊은이들 가운데는

남을 이해하거나,

배려하거나,

우정을 쌓기는커녕 가능한 한 사람을 이용하려 합니다.

이런 행위는 결국 자신의 품성을 떨어뜨립니다. 그럼에도 불구하고 자신의 가족 이외는 누구든 다 이용할 대상이라고 생각하는 것이 퍽이나 안타깝습니다.

물론 그와 같은 생각을 하면 안 됩니다. 그리고 실천에 옮겨서도 안 됩니다. 누구든 참된 우정과 숭고한 가치를 구분할 줄 알아야 합니다.

젊은이는 진실로 참된 우정의 본질과 가치를 지키기 위해 몸과 마음을 깨끗이 해야 합니다. 이것이 미래의 희망이고 젊은이의 사명입니다. 또한 이 사명을 완수할 수 있는 적임자입니다. 그렇다고 해서 젊은이가 어른보다 순수하다든가 보다

도덕적인 것은 아닙니다. 단지 젊었을 때에는 정의롭고 기존의 틀에 얽매이지 않는 창의성과 개성이 있다는 것입니다.

누구든 몸이 아프면 의사에게 아픈 부분만을 보여 주는 것이 아니라 몸 전체를 보여 줍니다. 이처럼 젊은이는 세상을 살아가는 데에 있어 몸 전체를 보여 줄 수 있는 참된 용기가 필요합니다.

나쁜 습관을 고치는 데에는 주변 사람들의 충고가 필요합니다

　세상을 살면서 아무런 상처도 없이 살아온 사람은 거의 없습니다.

　대부분의 사람은 타성에 젖은 나머지 나쁜 습관을 몸에 지니고 있습니다. 그것도 한두 가지가 아닙니다. 그중에는 허물이 되지 않는 습관도 있습니다. 그러나 자신의 상처가 되어 어떤 식으로든 흉터로 남습니다. 그것은 양심의 가책이라는 죄입니다. 그러므로 무엇이든 가능한 한 빨리 반성하는 것이 자신을 위해서도 좋습니다.

　나쁜 습관을 고치는 데에는 주변 사람들의 충고가 큰 역할을 합니다. 만일 그런 주변 사람의 용기가 없다면 세상은 황량해질 것입니다.

화를 다스리지 못하면 불행이 옵니다

화가 치밀 때는 스스로 감정을 억제하고 어떤 행동이든 조심하는 것이 상책입니다.

상대에게 다가서지도 말고, 상대의 얼굴을 쏘아보지도 말아야 합니다. 또한 쏘아붙이지도 말아야 합니다. 그렇게 하지 않으면 화는 불처럼 점점 더 크게 번져 결국은 불행을 자초합니다.

화내는 버릇을 없애려면 화내는 상대의 모습을 잘 살펴보는 것 또한 좋은 방법입니다.

그 사람이 화를 내고 있을 때의 모습, 즉 이성을 잃었을 때의 막말, 험악한 얼굴, 증오에 찬 표정 등을 살펴보세요.

그런 행동이 얼마나 천박한가? 그러면 스스로 화를 다스리게 될 것입니다.

다양한 재능은 자기 스스로를 적으로 만듭니다

다양한 재능을 가진 사람의 불편함은 그 이용 가치가 많다는 것입니다. 그러니 이용당하기 십상입니다. 모든 사람들이 그를 끌어들이려 하기 때문에 그는 난처해지고 결국 경쟁 상대의 적이 될 게 분명합니다.

그렇다고 쓸모가 없는 사람이 되라는 것은 아닙니다. 쓸모가 없다는 것은 불행한 일입니다. 쓸모가 있다는 것도 그에 못지않는 불행입니다.

모든 사람들이 찾는 단계에 이른 사람이라 할지라도 몸이 여러 개가 아닌 이상 어떤 것을 얻는 것 같지만 잃는 것입니다. 그것은 과거의 경쟁 상대들에게 있어 못마땅한 존재가 되기 때문입니다.

결국 재능을 모두 소진해 버리면 일부 존경받은 것마저 잃게 되고 보통은 불신까지 사게 됩니다. 이런 비참한 신세를 면하려면 다양한 재능을 몽땅 보여 줘서는 안 됩니다.

248

다양한 재능을 갖는다는 것은 좋은 일입니다. 그러나 그 재능은 남들 수준 정도로 유지하는 것이 바람직합니다.

예컨대 등불을 환히 밝히면 밝힌 만큼 기름은 더 많이 닳고 불이 꺼질 시간은 더욱더 빨리 다가옵니다. 당신의 재능도 이와 마찬가지입니다.

어느 누구의 삶이든 행복을 원합니다

삶은 가치를 추구하기 위한 사람의 행위입니다. 이 행위가 곧 행복입니다. 모든 사람들은 행복을 찾기 위해서 과거도, 현재도, 앞으로도 노력할 것입니다.

삶은 행복을 위해 존재합니다. 그러나 많은 사람들은 본능 그대로를 이해하고 순응하려 합니다. 그들은 과학 만능이라는 사회 풍조 속에서 삶이라는 것을 도구쯤로 인식하는 어리석음에 빠집니다. 그러니 행복이라는 개념을 육감적이고도 동물적인 행위로 잘못 인식하는 경향이 있습니다. 그렇기 때문에 어느 경우도 사리 분별이 있는 사람, 즉 지식인라 해도 이성적인 것을 딱 잘라 구분해서 말하기란 쉽지 않습니다.

자아란 천지 만물에 대한 인식이나 행동의 주체에 있어서 자기를 일컫는 말입니다. 그것은 사람만이 갖는 특성입니다.

어느 동물이 자신의 몸뚱이만을 위해 산다고 해도 결코 그런 생존 방식에 대해 방해할 수는 없습니다. 동물은 자신의 몸뚱이를 만족시키고 또한 본능적인 종족 보존을 위해 헌신하는 것이지, 스스로 하나의 자아임을 깨닫지는 못합니다. 그러나 이성을 가진 사람이라면 오직 육체만을 만족시키기 위해서 살지는 않습니다. 사람이 그렇게 살지 못하는 것은 자신이 하나의 자아임을 알고 있기 때문입니다. 그러므로 다른 존재도 자신과 같은 존재라는 것을 인정함과 동시에 서로의 관계를 이해해야 합니다. 만일 사람이 생각없이 이기적인 행복만을 추구하고 자기만을 사랑한다면 동물과 다를 바가 없습니다.

예컨대 사람들이 주위의 온갖 것을 다 가지려 한다면 그 순간 이성적인 의식이 악으로 물들게 되고 결국은 불행해집니다.

간혹 사람에게는 행복을 동물적 본능의 욕구쯤으로 착각하는 경향이 있습니다. 이런 착각은 자기의 동물적인 본능을 이성적인 활동의 수단인 양 잘못 생각한 결과입니다. 이성적인 의식을 멀리하고 본능적인 욕구만으로 행복을 채우기란 불가능합니다. 또한 그것이 삶입니다.

본능적인 쾌락과 이성적인 의식이 서로 상반되기도 하지만 그것을 잘 조화시키는 것이 사람다운 것이며 사람과 사람을 연결해 주는 것입니다.

동물에게 있어 본능이 행복일지도 모릅니다. 그 행복에 맞서지 않는다면 사람으로서의 삶을 부정하는 것이며 행복도 아닙니다.

동물에게 있어서 본능은 약간의 쾌락도 있겠지만 종족 보존이 목적일지도 모릅니다. 그러나 사람이라면 자아를 깨달아 행복을 추구하는 것이 참된 목적입니다.

사람에게 있어 자신에 대한 의식이란 동물적 본능의 행복도 있겠지만 결국 삶을 통해서 행복을 얻어야 합니다.

삶은 사회 통념상 탄생으로부터 죽음까지의 드라마입니다. 그러나 그런 것은 참된 삶이 아닙니다. 이것은 다만 동물적 본능으로 목숨을 부지하는 것에 지나지 않습니다.

사람이 물질에 빠지면 동물적 생존과 다를 바가 없습니다.

사람에게는 무엇보다도 눈에 보이는 것이 자아의 전부인 듯 생각하면 그것은 오직 본능을 쫓는 것과 같습니다. 이성적인 의식은 눈에 보이지 않으므로 잊기 쉽습니다. 그렇기 때문에 사람은 눈에 보이지 않는 것을 경시하고 보이는 것만을 추종합니다.

눈에 보이는 것만을 행복으로 아는 사람들은 동물적 본능을 따르게 마련입니다. 이런 행위는 누구나 하기 쉽고 그 결과가 명쾌한 것쯤으로 생각됩니다. 그러나 눈에 띄지 않는 이성적인 의식의 욕구는 그와 반대입니다. 이성적인 의식은 동물적인 욕구의 행위가 아니라 어찌 보면 복잡하고도 애매한 것입니다. 그러나 본능에 의한 행복보다 이성적인 행복이 사람을 사람답게 만듭니다.

세상은 찬반으로 존재합니다

서로 다른 쌍방이 대화를 하는 중에 질문을 던지면 옳고 그른 것이 명백하게 갈립니다. 다시 말해 한쪽이 찬성을 하면 다른 쪽은 반대를 합니다. 상대방의 생각을 무시하고 자기 생각만을 되풀이 해서 주장하는 사람은 보기에도 딱합니다. 한 사람이 모든 것을 다 알고 모든 것을 다 잘할 수는 없습니다. 사람은 저마다 재능이 있고 그 재능은 서로가 다릅니다. 그러므로 누구나 부족한 부분이 있게 마련입니다.

당신의 재능을 상대방이 알아주지 않는다고 해서 당장 실망할 필요는 없습니다. 그것은 또 다른 상대방이 당신의 재능을 알아줄 것이기 때문입니다. 또한 상대방의 박수를 받았다고 해서 너무 감격해 할 필요도 없습니다. 분명 또 다른 상대방은 당신을 비난할 것이기 때문입니다. 이처럼 찬반이 존재하는 세상일지라도 자기 의견과 유행 그리고 그 세태에 따른 편견의 노예가 되지 않도록 최선을 다해야 합니다.

254

오기는 감정 싸움과 같습니다

오기에 쥐 잡는다라는 말은 쓸데없는 오기를 부리다가 낭패를 본다는 뜻입니다.

오기는 남에게 지고 싶지 않다고 생각하는 것이고, 서로의 평가에 있어서 자기 멋대로 판정하는 것과 같습니다. 그렇기 때문에 사람들은 돌출적인 행동을 하는데 그것은 자기의 잘못된 행동을 덮거나 정당화를 위해 남을 속이려는 것과 같습니다.

대부분 사람들은 누구나 남으로부터 기만당하는 것을 싫어합니다. 따라서 자기의 명예가 손상되면 으레 오기가 발동합니다. 오기는 분명한 목적이 없습니다. 다만 그 상황에 있어서 상대를 이기고 싶을 뿐입니다. 오기로 하는 일은 오래 지속되지 못합니다. 그것은 상대가 경쟁을 포기할 때까지만 지속되기 때문입니다.

가난과 고통을 극복한 순간 행복은 잠시 머뭅니다

사람이 살아가는 동안에 무엇보다도 먼저 다가오는 것이 간난과 고통입니다. 그 반면 행복은 행복한 시간만큼의 가난과 고통을 잊는 것에 불과합니다. 그러므로 그 틈새의 일부에 지나지 않습니다.

그렇기 때문에 우리는 현실적으로 벌어들인 재산의 가치를 소중히 여기지 않고 낭비하는 것을 자연스럽게 생각합니다. 그러나 이런 것들이 없어지고 나서야 비로소 그 참된 가치를 뼈저리게 느낍니다.

이때 어려웠던 시절의 가난과 고통을 생각해 내는 것도 행복한 일입니다. 그것은 어려울 적의 추억이 현재 누리고 있는 만족을 보다 행복하게 해주는 유일한 수단이기 때문입니다.

삶이라는 욕망의 틀이 이기주의입니다. 이 이기주의의 입장에서 남의 불행은 곧 나의 행복이라는 것도 이중적인 측면에서 보면 결코 부정하기 어렵습니다.

내가 행복한 상태에 있음을 간접적으로 느끼는 이런 종류의 기쁨은 본래 타고난 악의 근원이라 해도 틀린 말은 아닐 것입니다. 모든 행복은 가난과 고통을 벗어난 상태의 것으로 그것을 벗어난 만큼의 안식입니다. 그러니 행복을 얻어도 오랜 시간 지속되는 만족이나 기쁨은 없고 고작 해야 가난과 고통에서 해방된 순간뿐입니다.

그렇다고 해도 개별적으로 하나하나 들여다 보면 그야말로 순간 순간 웃을 수 있는 일이 더 많습니다. 아무리 살기가 힘들다 한들 세상은 그래서 살만한 가치가 있는 것입니다.

적대적인 관계는 자신을 침몰시킵니다

그 무엇이든 상대를 적으로 만들면 적대적인 관계에 있는 사람은 기회가 있을 적마다 당신의 좋은 이미지에 타격을 줍니다. 그것은 당신을 앞지르기 위한 수단입니다.

그런 사람은 때와 장소를 가리지 않고 비겁한 행동과 말을 서슴지 않습니다. 심지어 예의에 어긋나는 사생활까지도 들추어냅니다.

평상시에는 누구에게나 친절하지만 적대적 관계가 성립되면 지나간 추문들을 다시 거론해서 불씨를 살립니다.

옛날 옛적 사소한 실수를 다시금 파헤칩니다. 또한 근거도 없는 소문을 수집하여 비난거리를 만들고, 비난이라는 무기로 음해하려다 실패하면 복수의 칼날을 세웁니다.

언제나 당신을 불리한 쪽으로 몰아세우기 위해 남들에게 무엇이든 반복해서 상기시키려 합니다. 이처럼 적대적인 관계란 아전인수(제 논에 물대기라는 뜻. 자기에게만 이롭게 되도록 생각하거나 행동함.) 격입니다.

매사에 원만한 사람은 싸울 필요가 없습니다. 좋은 이미지와 품위가 유지되기 때문에 항상 많은 사람들로부터 존경을 받습니다.

당신도 적대적인 관계를 피하고 우호적인 관계를 유지하도록 힘써야 합니다. 이것이 자신의 침몰을 막는 유일한 방법입니다.

착하다는 것은 상대적 가치가 없다는 말입니다

'저 사람은 착하기 때문에 법이 없어도 살 사람이야.' 라고 흔히들 말을 합니다. 그러나 너무 착한 나머지 무능하다는 말을 들어서는 안 됩니다. 화를 낼 줄도 모르는 사람은 사실상 경쟁 사회에서 부적합한 사람입니다. 그런 사람은 목적이 없는 사람으로 꿈도 없는 것입니다.

종종 잘난 체하거나 힘이 강하다고 느낄 때, 자기 자신이 살아 있다는 것을 실감합니다. 감정이 없다는 것은 목석과 같습니다. 즉 반응에 무감각하기 때문에 누구나 바보 취급을 합니다.

싫은 것과 좋은 것을 분명히 가리는 것은 반응의 첫번째 조건입니다. 무엇이든 좋아라 하는 것은 착한 것이 아니라 바보이거나 어리석은 것입니다. 사회는 이런 사람을 착하게 보는 것이 아니라 무능력하게 본다는 사실을 분명히 알아야 합니다.

유머가 분위기를 반전시킵니다

때로는 의미가 없는 유머일지라도 험악한 분위기를 반전시키는 계기가 됩니다.

지위가 높은 사람도 때에 따라서는 유머를 즐깁니다. 그렇게 하면 대부분의 사람들은 그에게 호감을 갖습니다. 물론 그런 경우에도 어느 정도의 분수는 지켜야 하고 남에게 실례가 되지 않도록 몸가짐을 단정히 해야 합니다.

현명한 사람은 유머를 통해 위기를 벗어납니다. 또한 품위가 있는 유머는 모든 사람에게 호감을 삽니다.

능력에 맞는 목표가 자신감을 갖게 합니다

사람이 살아가면서 100%로의 성공과 100%로의 실패는 없습니다.

우리는 흔히 '만일 뭐가 된다면'이란 말로 자기 자신을 포장하려 합니다. 그러나 그것은 처음서부터 자신감을 잃는 행위입니다. 자신감을 갖기 위해서는 실패나 망신 따위에 연연하기 보다는 여유로운 마음 자세가 필요합니다. 또한 적극적인 행동이 요구됩니다. 이때 자신의 단점보다는 장점만을 생각하는 것이 자신감을 얻는 길입니다. 그렇게 하면 이상할 정도로 두려움이 사라집니다.

그렇다고 해도 여기서 알아야 할 것은 자기 실력에 비해 무리한 목표를 세우지 말라는 것입니다. 목표가 크면 실패의 충격도 큽니다. 그러므로 능력에 맞는 목표를 세워서 성취하는 것이 무엇보다 자신감을 갖게 합니다. 이처럼 자신감을 키우면 마침내 큰 성공의 열매를 맺게 될 것입니다.

262

그러나 당장 눈앞의 일도 처리하지 못하면서

전문가가 된다는 둥,

CEO가 된다는 둥,

재벌이 된다는 둥,

너스레를 떤다면 그것은 푼수에 불과합니다.

 이것이 빌미가 되어 비웃음을 사게 된다면 결국 자신감을 잃게 됩니다.

 위대한 야심은 위대한 성격을 드러내게 하는 것이다. 큰 야심가는 반드시 매우 좋은 일을 하든가 그렇지 않으면 아주 나쁜 일을 하고 만다. 야심은 나무랄 것이 못된다. 다만 그 야심을 이끌어가는 데에 위대한 도의적인 마음을 가지고 있지 않으면 안 된다.

나폴레옹(프랑스 황제)

습관처럼 하는 실수는 미래가 없습니다

아무리 완벽한 사람이라 해도 실수는 있습니다. 사소한 실수는 방심에서 비롯되는데 소중하고 귀할수록 그 문제가 심각해지거나 적어도 난감한 처지에 놓입니다.

평상시에는 사소한 실수가 그리 큰 문제로 부각되지 않습니다. 그렇다고 해도 스스로 인정하고 그것을 고치도록 노력해야 합니다. 만약에 그것을 별일도 아닌 것처럼 구렁이 담넘어가듯 한다면 훗날 더 큰 실수를 범하게 됩니다.

정녕 본인은 사소한 실수라고 웃어 넘기겠지만 그것을 바라보는 사람은 불쾌합니다. 당신이라면 아무리 사소한 실수라도 겸허하게 받아들여 반성하는 것이 좋습니다. 사소한 실수가 반복되면 자신의 다른 뛰어난 재능들마저도 잃게 됩니다. 그러므로 일상의 사소한 실수라도 스스로 고치는 습관이 필요합니다.

열 번 일을 잘해도 한 번의 실수에 우는 법입니다

아무리 공든 탑을 쌓았다 해도 마지막 돌을 잘못 놓으면 도로아미타불이 됩니다. 이처럼 열 번 일을 잘해도 한 번의 실수에 우는 법입니다.

사람들이란 열 번 잘한 일을 칭찬하는 것이 아니라 한 번의 실수에 비난을 퍼붓습니다.

그 비난이 꼬리에 꼬리를 물고 나쁜 소문이 되어 그 어떤 칭찬보다도 야박하게 돌아옵니다. 이처럼 많은 사람들은 칭찬보다 비난에 익숙해져 있을 뿐더러 남이 못되는 것을 즐깁니다.

즉 '사촌이 땅을 사면 배가 아프다' 라는 속담과 무엇이 다르겠는가?

그러니 항상 자신을 돌아보고 자신을 깨우쳐 실수하는 일이 없도록 해야 합니다.

때로는 진실를 묻는 것이 거짓보다 낫습니다

진실을 말한다고 해서 모든 것이 좋아지는 것은 아닙니다. 진실은 거울과 같아 순간 잘못 다루면 깨져 내 모습은 물론 상대방의 모습까지도 바꿉니다. 또한 그 조각이 엄청난 상처를 남깁니다. 그렇기 때문에 진실을 말할 때에는 신중해야 하는 것은 물론 상대를 각별히 배려해야 합니다. 거짓말 속에는 상대의 진실은 보이지 않고 거짓이 또 다른 많은 말을 만들어 자신을 유리하게 만들 것 같지만 결국 자신을 망가뜨립니다.

흔히 우리들은 거짓말을 배신 행위로 보고 그것을 경계합니다. 그렇다고 해서 진실을 말하지 않는 것이 거짓은 아닙니다. 그러니 그것을 몽땅 말해 줄 필요는 없습니다.

진실이란 자신을 위해 묻어야 하는 반면에 다른 사람을 위해 묻어 두는 것도 세상을 사는 지혜입니다.

어떤 일이든 그 일의 흐름을 잘 파악해야 합니다

하고자 하는 일이 안 될 때가 있습니다. 그럴 때에는 무슨 일을 하든 일마다 불운이 겹칩니다. 이처럼 일이 안 되고 되고는 그 일의 흐름에 달린 것입니다.

세상은 변하고 일의 속성도 변합니다. 그러므로 완벽하게 잘되는 사람도 없습니다. 심지어 모든 일의 성취는 상황에 따라 달라지고 성취감마저 한 순간입니다. 어떤 일이든 때가 있고 그때가 오면 능률이 오르고 성과도 좋습니다.

일을 잘하는 사람은 일의 흐름에 따라 스스로를 점검합니다. 또한 불운이 찾아온다고 해도 그 불운을 슬기롭게 대처합니다.

엄마 교육이 아이의 기본이 됩니다

이것은 어디까지나 맞벌이를 제외하고 하는 말입니다. 일반적으로 아버지는 돈을 버는 일에 익숙하고 어머니는 가정을 지키는 데 익숙합니다.

어머니는 가정에 있어서 아이의 꿈이며 미래입니다. 따라서 아이에게 있어 어머니는 둘도 없는 존재가 됩니다.

갓난아이 때부터 초등 학교를 졸업하기 전까지는 어머니의 치마폭에 싸여 다녀도 어쩔 도리가 없습니다. 어머니로서 아이와 한몸이 될 수 있다고 생각하는 것이 어찌 보면 모성일지도 모릅니다. 그러나 아이가 어느 정도 자라면 교육에 있어 아버지가 해야 할 부분이 생깁니다. 그 부분까지 모성의 영역으로 감싸 버린다면 아이는 아버지의 의미를 잃게 됩니다.

요즘 어머니들은 어떻게 해서든지 아이를 가장 안전한 치마폭에 두고 자기가 원하는 과정만을 고집합니다. 다시 말해 자신이 이루지 못한 부분을 채우려 합니다. 심하게 말하자면 교육이란 장래가 보장되는 쪽의 투자라 생각하고 자기 만족을 위해 모든 것을 바치려 합니다.

더군다나 요즘 세상은 사회 문제나 교육 문제에 있어서 여성 편의주의로 흐르기 때문에 아버지는 돈 버는 기계에 불과합니다. 이런 처지에서 반론은 커녕 오히려 아이를 위한 일이라면 발벗고 어머니를 후원하는 형편입니다.

심지어 어머니들은 아이에게 아버지의 경제 활동에 대한 고마움이나 고통을 전혀 전달하지도 않은 채 아버지를 무시하는 듯한 말을 서슴없이 합니다.

'너는 이 다음에 커서 네 아버지처럼 되지 마라' 하고 입버릇처럼 말합니다. 이러한 가정 환경에서 자란 아이는 어릴 적부터 아버지를 무능력한 존재로 알고 우습게 여깁니다. 이런 교육이 미래에 무슨 도움이 되겠는가. 부부가 맞벌이를 하지 않는 경우, 부부의 평등을 논하기 이전에 분명 서로의 역활을 정립하고 아버지에 대한 위상을 어머니가 세워야 합니다. 이것이 가정 교육이며 사회를 올바르게 이끄는 교육입니다.